この度、夫が亡くなりまして
だけど王太子との
復縁はお断りです！

えんどう

Endo

RB

レジーナ文庫

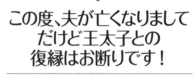

登場人物紹介
エドワード王太子
自分から切り捨てたはずのエリーナにいまだに未練があり、しつこく復縁を迫る。この国の王太子。
フィル・コルサエール
エリーナの愛息子。実は王太子の落とし胤。無邪気な性格で母親思い。聡明で年の割に大人びた一面も。
エリーナ・コルサエール
恋人でもあった王太子暗殺の嫌疑をかけられ、こっぴどく捨てられた元子爵令嬢。心優しい公爵と『白い結婚』をしていたけれど……？

シャロン・エデュケート
エドワードの婚約者候補でルーカスの義妹。幼い頃、飢饉で倒れていたところをルーカスに救われる。
ルーカス・エデュケート
エドワード王太子の幼馴染で側近。エデュケート公爵家の嫡男。長い間他国に留学していたが……
セオルド・コルサエール
コルサエール公爵家の心優しき当主。エリーナの妊娠を知り、彼女と『白い結婚』をするが急逝する。
ダール・エッセン
エドワードの護衛騎士。彼のわがままに振り回されるがエリーナにも同情し親身になって行動する。

目次

この度、夫が亡くなりまして
だけど王太子との復縁はお断りです！

プロローグ　夫の急逝《きゅうせい》

私にとってセオルド・コルサエール公爵は良き夫であり、素晴らしい統治者であった。また公爵領の民から多大な尊敬を向けられ、本人もその期待に応えようと奮闘していた。

「全く、無理をなさったものですな」

夫の亡骸《なきがら》を前に呆れたように苦笑して追悼《ついとう》したのは、夫を幼い頃から診ていた主治医だった。

「あなたには本当にお世話になりました」

頭を下げようとした私に「いやいや」と主治医は皺《しわ》だらけの手を横に振った。

「公爵は最後まで幸せだったことでしょう。美しい奥方様と目に入れても痛くないほど可愛がっていた坊ちゃんが最後までおそばにいたのですから」

その言葉に私は胸が少し痛んだが、直接応えずに視線を床に落とした。

「私がもっと早くに無理をしないよう止めていれば……」

後悔を口にした私に主治医はゆるりと首を横に振る。

「奥方様のせいではありません。持病が悪化したのですから、仕方のないことだったのです。どうかお気に病まぬよう……。目の下に疲れが見えます、眠っておられぬのでは？」

こんな時ほど身体を休めなければならないという主治医の言葉に、私は今朝の鏡の前の自分の姿を思い出す。

夫が亡くなってから心労のせいか、食欲などとても湧かず、瘦《こ》けた頰は化粧でも誤魔化しきれなかった。栗色の髪は丁寧にまとめる暇などなく、かろうじて櫛《くし》を通したものの、昨夜から降り続く雨の湿気のせいで広がっている。白い肌はまるで病人のようだったし、眠れないせいではっきりとついた濃い隈《くま》は母親譲りの紫の瞳と相まって人相を悪くさせた。

いつもと変わらぬよう気丈に振る舞わなければならないということは私も理解していたが、最愛の夫の急逝《きゅうせい》にやはり心は追いつかなかった。ただ静かに夫の死を悼《いた》むことができたのならまだしも、亡くなったその日から今まで、一度も会ったことがない親戚を名乗る者たちが次々と公爵邸に押しかけてきていたのだ。

まるで観光地の見物のようにジロジロと屋敷の中を観察し、よく回る口でまくし立てなんとか遺産のおこぼれを貰おうとする者たちばかり。そんな人々の相手をするのは苦痛以外の何物でもなかった。

「お気を強くお持ちなさい。坊ちゃんを守ることができるのは奥方様だけなのですから」

主治医の言葉に私は頷《うなず》き、まだ六つになったばかりの息子フィルに視線をやる。

まだ何も理解していないフィルは自分のようにやつれた様子はなく、いたっていつもの通りだ。その深い青の前髪の下で同じ色の瞳が綺麗に澄《す》んでいた。棺《ひつぎ》の中の父はただ眠っているだけと思っているのか、特に何も言わずそこに寄り添うように座っている。

人の死をこんな幼子にどう説明しろというのだろう。私とて人の死に直面したのはこれが初めてで、まだ受け入れられないというのに。

ぼうっと意識を飛ばしそうになった私に、まるでそんな暇はないと言いたげに慌ただしい足音が近付いてくる。

奥様、と呼ぶメイドの声にまた来客だろうとわかった。どうせまた名前も顔も知らない親戚が訪ねてきたのだろう、面倒なことだ。ため息を吐《つ》きかけた時、メイドがうわずった声を出した。

「王太子殿下がいらしております」

その言葉に私は一瞬息を呑んだ。何を言われたのかよく理解できず、何度もメイドの言葉を頭の中で反芻《はんすう》する。

この雨の中、遺産目当てで来る者はたくさんいたが――何故、王太子殿下が？

うるさく鳴る胸の音に反して頭の中は酷く冴えていた。

「貴賓室《きひんしつ》にお通しして。フィル、部屋へ戻っていなさい。私が迎えに行くまで決して顔を出してはいけないわよ」

そう口にした自分の声が、冷たく響き渡った。

公爵邸の前に停まっている王家の紋章が刻まれた馬車。それを見た私はなんとも言えぬ気持ちを胸に留め、貴賓室《きひんしつ》へ向かった。

「王太子殿下にお越しいただけるなんて、きっと夫も喜んでおりますわ」

夫の棺に花を添えたこの国の王太子、そして私にとってはかつて恋人であった男に、今は未亡人として挨拶する。

人生は何があるかわからないなと、気付かれぬ程度に小さくため息を吐《つ》いた。

王太子は冷たい瞳をこちらに向けて嘲笑《ちょうしょう》を浮かべた。

「……夫か。こんなに呆気なく亡くなるとはな。お前がまた何か薬でも仕込んだんだろ

う？　今度はなんの毒だ？」

あまりに酷い侮辱にかっとなる。立場を忘れて私は声を荒らげ反論した。

「そのようなことをするはずがありません！　夫を殺すなど……!!」

「どうだかな。俺を殺そうとしたのもお前ではないか」

発言を撤回する気もなさそうな王太子の言葉に、私はそれ以上言い返したところで無駄であることを悟る。一度目を閉じ、ようやくいつものように冷め切った眼差しを向けることができた。

「まだそのようなことを仰《おっしゃ》るのですね。私が殿下を殺そうとしたと」

「事実だろう？　公爵もよくお前のような女と結婚できたものだ。一度は投獄された女を公爵家の正妻になど――あぁ、お前がその身体であの堅物をたらし込んだのか？　公爵も年老いたとはいえただの男だったというわけだ」

下衆《げす》な笑みで故人に対しても酷い侮辱を述べる男に、怒りで握りしめた拳が震える。けれど、夫の棺の前でそんなことはしたくない。今にも殴りそうな己の手の力をなんとか抜いた。

「私と夫は愛し合っておりました。そのようなことを言われるのは心外です。どうやら殿下には夫を悼《いた》むお気持ちはないようですね。申し訳ありませんが、お帰りを」

「なに……？　たかが公爵に取り入っただけのお前が、よくもこの俺にそのようなことを……！　自分の立場がわかっていないようだな！」

自分の立場なら誰よりも自分がよくわかっている。

夫を失い、支えを失い、まだ年端《としは》もいかない我が子と共にこれからどうしていくべきか――、それを考えるよりも先にこうして来客の対応をしなければいけない。

まともに眠っていないせいか、何年かぶりに向き合ったこの元恋人には苛立つだけだった。

「私を罵《ののし》るためだけにいらっしゃったのですか!?　突然のことで夫の死を受け入れられないのは私なんです!!」

だからもう帰って、と続く言葉はほとんど呟《つぶや》きに近かった。

溢れて止まらない涙にこんなつもりではなかったのにとハンカチを握りしめる。

どうして夫は、こんなにも呆気なく逝《い》ってしまったのだろう。

どうして私は、主治医からも働きすぎだと言われていたあの人をもっと根気強く休むよう諭《さと》さなかったのだろう。

私のことを唯一支えてくれた、息子同様、誰よりも大切な人だったのに。支えを失って私はどうやって生きていけばいいのだろう。

「……今日のところは帰ってやる。お前のその涙が演技ならば大したものだ。せいぜい殺人の容疑で捕まらなければいいな」

王太子は嫌味たっぷりな言葉を残していった。

――彼は八年前に最悪な別れ方をした私のことを、いまだ憎み続けている。

第一章　別れと出会い

今から八年前、私、エリーナ・サブランカ子爵令嬢はこの国の王太子、エドワードの恋人だった。好意を持って近付いたのは私の方で、王太子として威厳のある振る舞いや正義を貫くその姿に、これ以上ないほど夢中になった。

そんな時に偶然知り合うきっかけができて、少しずつ挨拶を交わすようになって、学園内で顔を見かければ声をかけられるようになって——そんな夢のような日々に私は幸せを感じていた。

しかしそれだけにとどまらず、王族に多い青色の瞳に見つめられたいと思った。そして恐れ多くも手を伸ばすと、意外なことにエドワードはそれを受け入れてくれた。

彼も年頃の青年であったたし、自分に好意を寄せるそこそこ見目の良い彼女を恋人にするのは別におかしい話ではなかったのであろう。

恋人となってからも懸命に尽くす私にいつの間にかエドワードは絆《ほだ》され、愛情を同じだけ返してくれるようになった。

そうして思い合うようになったけれど、私には負い目があった。

自分の実家の子爵家という高くない身分、王太子の婚約者候補の令嬢たちに及ばない容姿。せめて自分を恋人にして良かったと思ってもらえるようにただ必死だった。

そうして日が経ち、公《おおやけ》ではないものの婚約者として認められ、慣れなかった口づけもいつしか当たり前になって、自然に身体を重ねるようになった頃。

あろうことか、王太子であるエドワードが毒を盛られたのだ。毒はエドワードに食べたいと言われ私が城へ持っていった自作のケーキから検出されたらしい。恋人が倒れて一体何が起こっているのかもわからぬうちに、私は護衛兵に連行され、三日三晩を強く冷え込む地下牢で過ごした。

そうして四日目の朝に会いに来た恋人は、今まで一度も見たことのない冷たい瞳をこちらに向けた。

「よくも俺を殺そうとしたな」

牢屋の監視役から聞いて自分が容疑者としてここに入れられていることを理解していた私は、何かの誤解だと柵《さく》に縋《すが》った。

「違います！　私は毒なんて……っ‼」

「お前が裏市場で毒を購入した証拠はもう揃っている‼　それでもシラを切るつもり

か⁉　一体誰に言われて俺に毒を盛った！」

「裏市場になんて足を踏み入れたことなどないわ！　何かの間違いよ、信じてエドワード、私は絶対に……」

しかし必死の弁明を初めから聞き入れるつもりはなかったらしい。恋人は冷め切った表情で淡々と告げた。

「二度と俺の名前を呼ぶことは許さない。お前はもう俺の恋人でもなんでもない、ただの反逆者だ」

まるで頭を鈍器で殴られたような感覚だった。本当に何も知らないのに、そんな証拠が出るはずないのに、どうして信じようとしてくれないのだろう。どうして話すら聞いてくれないのだろう。

あんなにも愛していると言い合ったのに、そんなこともまるでなかったみたいに。

「私は、本当に知らないの……」

あなたさえ来てくれたならちゃんと無実が証明されると思ったのに、これは一体なんなの？

どうして私があなたに毒を盛ると思えるの？

ただ何もわからなくて溢れ出た涙をエドワードは鼻で笑った。

「あぁ、ルーカスの言った通りだな！　そんな涙を見せれば俺が同情するとでも思ったか？」

何も聞く気がない、私の言葉を信じる気もない、どうしていいかわからずにこぼれた涙すらも嘲笑《あざわら》うこの人に一体何を言えばいいのだろう。

「俺を殺してどうするつもりだったんだ？　俺に近付いたのも、初めから俺を殺すためだったんだろう？」

「っ、違うわ‼　どうしてそんな恐ろしいこと……‼」

信じて、お願いよ。私はあなたを愛しているのに。

柵《さく》に触れた彼のローブの裾をたまらず握る。こんなに薄暗く冷たい場所に毛布一枚で、床で寝ることも辛かったのに、愛する恋人すらも自分を信じてくれない事実にこれ以上は耐えられなかった。

縋《すが》るような思いで握った私の手を、彼はためらいなく払い除《の》けた。まるで汚いものに触られたかのように。

「……お前など愛した俺が馬鹿だった」

小さく呟《つぶや》いた彼の後ろ姿に、私は必死に無罪を主張したが、ついに届くことはなかった。

「食べなさい、身体が温まるはずだ」

そう言って湯気の立つ食事を差し入れたのは、当時その牢獄の管轄の責任者となっていたセオルド・コルサエール公爵だった。あまり社交界に来ないことで有名だった彼は妻を亡くしてからはさらに表に顔を出さなくなっていたため、私も誰だったかを思い出すのに少しばかり時間を要した。

「……要りません」

「そんなことを言わないで。ここに来てからまともに食事を口にしていないだろう？それにここの食事はあまり美味しくない。これは厨房から私が持ってきたものだ」

優しく微笑んだセオルドに、もう涸《か》れたと思っていた涙がまた溢れてきた。

ここに来て初めて穏やかな顔で同じ目線で話してくれた人だった。

「っ、本当に私は何も知らないんです、エドワード様を殺そうとだなんて……！」

この人ならば話を聞いてくれるかもしれない。とうに捨て去ったはずの希望に縋《すが》った。

彼は力強く頷《うなず》いてくれた。

「わかっている、君を信じる。だって君がそんなことをする理由がないだろう」

汚れた私の手を握った彼の温かさに、今度こそ涙が溢れて止まらなかった。

「私も掛け合って証拠を見せるように言ったが、管轄外だと頑《かたく》なに見せようとしない。それに何かがおかしいのはわかっているんだ。もう少しすればそれがなんなのか判明するかもしれない。それまで耐えるためにも、今はしっかり食べて力をつけてくれ」

「公爵様……！」

ずっと尋問され続け、いっそ毒を盛ったと嘘の自白をすれば楽になるのではないかと自問自答する日々だった。心も身体もボロボロで、誰も私の無罪を晴らそうとしてくれる人はおらず、もう死んでしまいたいとすら思ったほどだ。

「安心してくれ。私がきっと君をここから出そう、約束する」

まっすぐな瞳で言い切ったその人とまさか結婚することになるなど、その時の私は思いもしなかった。

結局、裏市場で購入した証拠というものが不十分――どころかでっち上げのデタラメであったことと、証拠となるはずのケーキが手作りのせいか早く腐敗して検分することが不可能になったため、証拠不十分となり私は牢から出された。

王太子が自分の身が無事であったこと、それからもう二度と顔を見たくないから釈放してどこかに捨てておけと言ったことで、呆気なく牢獄生活は終わりを迎えたのだ。

約三週間ぶりに牢を出た私は衰弱しきっていて、セオルドの気遣いと介助のおかげでほとんど誰とも会うことなく城の外へ出ることができた。

「先程、エドワード……殿下の使者が来ました。見逃してやる代わりに二度と顔を見せるなと。……お父様も私が囚われてすぐ、子爵家から私を除籍したそうです」

外に出たところで帰る場所を失い、生きる意味も見失いかけていた私は、それでも最後まで無実の証拠を見つけようと奮闘してくれたセオルドに深々と頭を下げた。

「公爵様には大変お世話になりました。心から感謝申し上げます」

こんなことになっては行く先など修道院くらいだろうか。しかし罪状こそ表に出なくとも私がなんらかの不始末で獄中にいたことは王都の民ならば知っているだろう。できる限り噂の届かない辺境へ向かわなければ。

こんなことならあの日、身分不相応と知りながらあの手を求めるのではなかった。

エドワードに最後に会った日から私は後悔ばかりしていた。

「それでは私はもう行きます。このご恩は絶対に忘れません」

「エリーナ嬢」

誰かに見られる前に去ろうとした私の腕を掴《つか》んで止めたのはセオルドだった。

「行くところがないのなら私の家へおいで。行く先を考えるのなら、体調が万全になってからでもいいだろう」

「そんな……そこまでのご迷惑はかけられません」

「結局、私は君に何もしてあげられなかった。無実を証明することもできなかった、その償《つぐな》いだ」

何もしてもらっていないなんて、そんな風に思えるはずがない。あの冷え切った牢獄にこの人が温かい食事を差し入れてくれたことでどれほど心が救われたか。

「公爵様には十分すぎるほどよくしていただきました……!!　これ以上ご迷惑など、とても……」

「そうは言っても……わかった、それならこうしよう。一度私の家に来て医者に診てもらいなさい。何も異常がなければ、その後好きなところに行きなさい。もちろん私の家で過ごしても良い。正直言ってその身なりではいつ人攫《ひとさら》いに遭ってもおかしくない」

改めて自分の格好を見てみた。汚れたドレスと汚い身体、毎日風呂に入れて綺麗な服に包まれていた身分がどれほどありがたいものだったか、こんな時になって痛感する。殿下と交際していた時に自分の身分に文句をつけたことが馬鹿らしくなる。

けれど今となってはもうどうでも良かった。

あの幸せな日々に戻ることはない。長い夢だったのだと思うことにした。

「……それでは、……お言葉に甘えさせていただきます」

しかしセオルドの言葉に甘え、コルサエール公爵邸で医者に診てもらった私は、驚愕《きょうがく》の事実を知る。

なんとつい昨夜まで獄中にいたにもかかわらず、妊娠していたのだ。それはもちろんもう二度と会うことはないだろう、この国の王太子の子どもだった。

その診断を受けてすぐに気を失ったのは、まだ十八の小娘が抱えるにはあまりに酷く辛い現実であったからだ。


目が覚めた私は肌触りの良い服に身をまとい、上質な布団の中にいた。

「目が覚めたかい？　勝手に部屋に入ってすまない。今日はもう暗いし、泊まっていきなさい。食事は食べられそうか？　消化の良いものを用意させたが」

優しく笑ったセオルドにザッと血の気が引いた。

「申し訳ございません、私っ……！」

「大丈夫だから。君は私の客人として来ているんだ、ここでは好きに過ごすと良い」

自分より三十も上のセオルドには落ち着いた雰囲気があった。その穏やかな声は私の心を優しく溶かした。

「……殿下にお伝えするのなら、明日の朝に私の方からお伝えしよう」

一瞬穏やかな気分になったが、殿下と聞いた途端にあの冷たい瞳を思い出し、全身が総毛立った。愛しているとは口ばかりで少しも私の言葉に耳を貸してくれなかった人。

「――いいえ、伝える気はありません。……産む気もありません」

たとえいかなる理由があろうとも、王族の子どもを殺すのは大罪だ。そんな重大な決断をいともたやすくさせてくれたのはエドワードのそれまでの態度だった。

「……それは君が決めることだが、まあ焦らずともゆっくり考えてみたら良い。食事にしよう、久しぶりに人と食べるから楽しみだったんだ」

セオルドがそう言って笑うと、荒ぶっていた胸の中はすぐに穏やかになった。こんなにも歳上の、父ほど歳の離れたこの人を、ほんの少し可愛いと思ったのだ。

セオルドはいろんな意味で有名な人だった。

学生時代から滅多に人付き合いをしなかったのに突然恋愛結婚をした。子どもはできなかったが妾《めかけ》も取らず妻と共に過ごし、妻に先立たれてからは領民のことだけを考えているそうで、社交界にほとんど顔を出さないと。

頑固者で堅物ではあるが、正義感に溢れた真面目な人柄は領民の人気が高い。莫大な資産があるにもかかわらず堅実な生活を送っている彼は、少し前まで私とはかけ離れた存在だった。

「社交界でたまに見かける公爵様は、もっと笑わない方かと」

「よく言われるが人並みには笑うさ、楽しくないところでは笑えないけれどね」

確かに社交界はあまり楽しいところではない。

噂と憶測が飛び交うあの場所では、きっと今夜にでも私が捨てられて良い気味だと誰かが笑っているだろう。

「私は殿方の話はよく知りませんが、きっと似たようなものなのでしょうね」

「そうだな。だが古狸《ふるだぬき》の悪知恵を聞くより、君たちにまざって裁縫の話でもした方が楽しそうだ」

「まぁ！」

可憐な子女たちの中に一人まじるセオルドを想像して、思わず笑ってしまった。

公爵邸はとても心地の良い場所だった。メイドたちは余計なことは聞かず優しく接してくれたし、嫌な噂は徹底的に耳に届かないようにしてくれた。

いつしか自然に笑えるようになった私は心に余裕ができて、セオルドと過ごす時間がとても楽しくてたまらなかった。

それは殿下に恋をしていた時とは全く違う感情だったが、敬愛以上の、けれども恋ではない何かだった。

「旦那様は奥様に先立たれてからずっとお一人でしたの。エリーナ様がいらっしゃって、旦那様もよく笑われるようになられて……私たちは本当にエリーナ様に感謝しているんです」

使用人からそう言われた時、ここにいてもいいと言われている気がして嬉しかった。

「ただいま、エリーナ」

「セオルド様っ！　おかえりなさいませ！」

「聞いてくれ、今日部下たちが――」

「まぁ、そんなことが！　そういえば私も話したいことがあったんです、今日庭で――」

いつしか名前で呼び合うようになった。出ていくとも出ていけとも言わず、食事を共にして、その日あったことをお互いに話し合う。その後は二人で茶を飲みながら歓談の続きをして、そうして一日を終える。

セオルドの休みには共に庭園を散策して、まるで熟年夫婦のような過ごし方ではあったけれど、とても穏やかで優しい日々を過ごした。これが一生続けば良いと思うほど幸せだった。

しかし時間はあっという間に過ぎるもので、私のお腹は徐々に目立つようになった。

この子を殺すのならうんと早い方が良いのに、私はそれを考えないようにして逃げていたのだ。

怖くてたまらなかった。この子を殺すことも、そうした後に何事もなかったふりをして生きていくことも。

そんな葛藤を見越していたかのように、セオルドはいたっていつも通りにさらりと口にした。

「私と結婚しないか?」

「……え?」

「君は子どもを堕《お》ろすと言っていたけれど、きっとそれは君に永遠に傷を残すだろう。もちろん断ってくれてかまわない。私のような老いた男と結婚したら君はいろいろと噂されるだろうから」

「そんなこと……!」

ずっとこの時間が続くのなら、これほど幸せなことはなかった。

しかしどこまで厚かましくなれれば、他の男との間にできた子どもを共に育ててくれと言えるだろう。

　黙って俯いた私にセオルドはやはり優しい声音で言った。

「エリーナ。私は妻との間にとうとう子どもに恵まれなかったが、ずっと父親になってみたかった。君さえ良ければそうなりたいと思っている。男でも女でも関係なく可愛がると約束するし、その子に私の全てを譲ろう」

「セオルド様、それは」

「他の者からは若い女を囲った爺《じじい》と評されるかもしれないが、それでも余生をこの家で、君と穏やかな時間を過ごせるのなら何も気にならないさ」

　あんなにもすぐに堕《お》ろそうと決めたのに、暖かいこの空間でセオルドと子どもと三人――まるで昔望んだ夢が叶おうとしていた。

「――ごめんなさい……」

「エリーナ。気にしないでくれ、私は」

「あなたのその言葉に甘えてしまう私を、どうか許してください」

　私の言葉に彼がパッと顔を上げた。それはそれは嬉しそうな顔で大きく頷《うなず》いた。

「あぁ、必ず君とお腹の子が幸せに暮らせるようにしよう」

　あまりにも大きい贈り物だった。

その贈り物以上のものを私はいつかこの人にあげられるだろうか。そんなことを考えて私は目を伏せた。薄い涙の膜に気付かないふりをして。

そしてその一週間後、社交界はセオルドと私、歳の離れた二人の突然の結婚の話で賑わっていた。

セオルドを慕う部下たちは「人の良い彼が悪女に騙された」と囁《ささや》いたそうだが、それをセオルド自身が宥《なだ》め、自分はこれから幸せになるのだから祝福してくれと言ったらしい。そんな彼にそれ以上反論する者はいなかったという。


結婚から少し経った頃、安定期に入った私は少し運動をした方が良いと主治医に勧められ、侍女と共に城下町へ出かけていた。

最近人気のお菓子屋が、と嬉しそうな顔で案内してくれる侍女について歩いていた時、最悪な偶然が起こってしまった。

「久しぶりだな。俺の次は公爵か」

その言葉に思わず振り返ったことを後悔した。

よりにもよって視察中の殿下と鉢合わせてしまうなんて。

「あの堅物にも色仕掛けが通用するとは驚きだ。それとも俺を亡き者にしようとしたことを無実だとでも嘯《うそぶ》いて同情を誘ったか？」

連れていた侍女の顔が険しくなったけれど、私は驚くほど穏やかな心地で元恋人を見ることができた。

「お久しぶりでございます、王太子殿下」

ずっと考えていた。

もしまたいつか彼の顔を見ることがあれば、その時私は冷静でいられるだろうか。まだ心のどこかに燻《くすぶ》っているあの傷が、熱が、まだ無実だと訴えようとしないだろうかと。

けれどいざ会ってみると全く何も感じない。釈放された今となっては、この人がどんな勘違いをしていたってかまわないとすら思えた。

「夫に色仕掛けなどした覚えはありませんが……」

だって私にはもう家族がいる。私を守ると言ってくれた夫がいるのだ。何も持たない私が夫にあげられるのは、妻としての誠意だった。

私と過ごすことを幸せだと言ってくれる夫と共にいるのに、私がいつまでも昔の恋人のことで悩む必要はない。しかしその堂々とした態度が気に障ったようでエドワードの機嫌が悪くなった。

「っ、どうだかな！　お前は昔から男に色目ばかり使っていたんだろう？　そんなお前に信用などないに決まっているだろう！」

「――僭越《せんえつ》ながら、王太子殿下の信用を得ようとはもう思っておりません。それに申し訳ありませんが、昔のことは忘れました」

「は……なんだと……？」

だって私は何もしていない。あなたに罪悪感を抱く必要だってない。

私を信じてくれたのは恋人でも両親でもなく、セオルド様だけだったのよ。

「それでは私は失礼いたします」

丁重にお辞儀をして通り過ぎようとした私の手を、彼が強い力で掴《つか》んだ。

「泣いてしおらしくすればまだ可愛げがあるものを……！　忘れたなどと酷く他人行儀じゃないか、女というのは昔の男にそうも冷たくするものか？」

あんな終わらせ方をしたくせに。私のこの対応は冷たいだろうか。二度と顔を見せるなとあなたは言ったのに。

「冷たくしているつもりはありませんが……申し訳ありません、夫に誠実でありたいだけです。お気に障ったのなら謝罪いたします。手を放していただけますか？」

「っ……俺のお手付きに手を出すほど、公爵が飢えていたとはな!!」

セオルドを侮辱する言葉に、今度こそ侍女は耐え切れなくなって言葉を発した。

「お言葉ですが、奥様と旦那様はとても愛し合っておられます!!　申し訳ありませんが、これ以上はお腹の子に障りますので失礼いたします！　奥様、行きましょう！」

怒りで瞳が揺れている彼女に緩く頷《うなず》いてエリーナはその場を後にした。

「お腹の子……だと……？」

すれ違いざまのエドワードの酷く歪《ゆが》んだ顔に私はしてやったり、という気持ちになり、ほんの少しだけ気が晴れた。

セオルドにとって二度目の結婚なので、式をする必要はないだろうと思っていたけれど、せめてドレス姿だけでも残したいということで絵を描いてもらうことになった。

セオルドも普段は着ないような正装をして私の横に並んでいる。

「いやぁ、綺麗な奥様ですねぇ！」

画家の男が軽快な声で言う。

その言葉に、見るからに気をよくするセオルドに私もくすりと笑った。

「お二人が年の差結婚っていうのは街でも話題ですけど、どこでお知り合いに？」

実家に来ていた画家はこんなに話すことはなかったので、なんだか根掘り葉掘り聞かれている気がして居心地が悪い。

しかし私の疑心とは逆にセオルドは照れたように質問に答えた。

「恥ずかしながら私が彼女に惚れ込んでね、無理言って連れてきたんだよ。彼女のいる日々が私の幸せなんだ」

「――私も幸せです」

無理に連れてこられたなどと思っていない。

画家の男は笑い合う私たちを和やかに眺めながら筆を動かした。

「奥様は椅子に座ったままお描きして良かったんで?」

「あぁ。妻は妊娠中でね」

「そうなんですね！　いつ頃お生まれに？」

「来年の春頃だよ」

なんのためらいもなく答えた夫はやはりすごいと思った。

予定日はちょうど冬真っ只中だと言われたけれど、それが社交界で知られたらエドワードの子どもではと疑われかねない。

「だが身体が弱くてね、早産になるかもしれないと言われているんだが」

「そうなんですね。いやぁ公爵様、幸せ者ですね！」

「ははは、そうだろう？　男の子なら私が剣術を教えようと決めているんだ。女の子ならたくさんドレスや宝石を買ってあげないとな」

「まぁセオルド様ったら、気が早いですわ」

「ははっ、本当に仲が良いですねぇ」

どこか乾いた笑い声に私はどくりと心臓が鳴った。

『ははっ、本当に仲が良いですねぇ、アンタたち』

脳裏に浮かんだのはかつてエドワードの部屋で過ごした時の光景。

私を膝に乗せた彼を見て、政務の報告に来た男が呆れたような顔でそう言って笑った。

……どうして……

どうしてその男がここにいるのだろう。彼の部下が来たことに、どうして私はもっと早くに気付かなかったのだろう。

「――おっと。エリーナ、すまない。そろそろ約束がある時間だから用意してくる」

「っ、セオルド様……！」

「支度《したく》ができたら一度寄るよ、それまで描いてもらいなさい。何かあれば呼んでくれ、すぐに戻ってくる」

まさか引き止めるわけにもいかず、その後ろ姿を見送った私はうるさい心臓の音を悟られないように必死だった。

「……いやぁ、奥様、本当にお綺麗ですね〜」

軽い調子で再び口を開いた男——そう、確かダールと呼ばれていたはず。その彼を私は強く睨みつけた。

「あなたはいつから画家になったのかしら」

「……はい？」

「あなたは殿下の部下の方でしょう」

妙に渇く喉のせいで掠《かす》れそうな声だったけれど、彼にははっきり伝わったらしい。

面食らった顔をした彼はすぐにニッと笑った。

「アンタなら忘れていてもすぐに思い出してくださると思っていましたよ、エリーナ嬢」

「……今はもうセオルド様の妻よ」

「あぁ、確かにそうですね。それにしても残念だ、アンタが殿下と結婚してくれたら良かったんですがね」

いつだったか自分も夢見ていた戯言《たわごと》をいまさら耳にするとは。

「あいにく、私は今の夫と幸せに暮らしているのよ。あなたが一体どういう用件でこんなところまで来たのかはわからないけれど、殿下の命令なのならぜひ報告してちょうだい。私は今最愛の人と最愛の人の子を授かって本当に幸せそうだって」

エドワードが私のことを探る理由はわからないけれど、不幸を願われているならそれはそれで腹立たしい。自分の全てを奪った男の望み通り振る舞うほど私は優しくはない。

「……まぁ、そうですね。俺としてはアンタが良かったけど、もう結婚しちゃったし仕方ないっすね。あ、絵はちゃんと完成させるんで安心してくださいね！　俺これでも画家よりうまいんで！」

緑色の瞳を細めたその男は、なんだか憎めない笑みを浮かべていた。

＊　＊　＊

王城の一角にある王太子の執務室で、ダールはこちらを睨みつけた己の主人である王太子のエドワードに報告をしていた。

「お元気そうでしたよ、コルサエール夫人」

コルサエール夫人、という呼び方にあからさまに不機嫌になったエドワードだったが、特に気に留めた様子もなくダールは続けた。

「それにしても画家として潜入するのは初めてですよ、まさかこんなところで絵のうまさが役に立つとは。俺、最近あの絵を仕上げるのといつもの仕事との両立ですっかり寝不足……」

「元気かどうかを聞いてるんじゃない、俺が知りたいのは……！」

苛立ったように机を殴るエドワードに、怯《ひる》む様子もなくダールは、あぁ、と思い出したように頷《うなず》く。

「公爵の子ども、ご懐妊中なのは本当みたいっすね。お腹も少し目立ってましたし……まぁ、すごい幸せそうでしたよ！」

「俺を殺そうとしたあの女が、幸せになって良いわけがないだろう⁉」

執務室に響き渡るその怒鳴り声は、おそらく廊下に控えている彼の侍従にも届いているだろう。

「そんな怒らなくても……」

「屋敷に入り込めたのなら、階段から突き落とすなりなんなりして子どもを殺すことくらいっ……」

「殿下」

さすがに言葉がすぎると珍しく真面目な顔をしたダールに、エドワードはわかっているとばかりに再びテーブルを殴った。

「……あの女、浮気してたんだ……！　絶対にそうだ、それ以外にない！」

「はぁ、別にいいんじゃないですか？　もう別れたんだし、お互い縁が切れたんだと思ってそっとしておいたら……」

「ふざけるな!!　俺のことを愛していると言いながらあいつは他の男とっ……！」

「いや、でも、もう別れたんだから……」

「うるさい黙れ!!」

エドワードはまるで子どものように怒鳴り散らしている。

相変わらず彼女のことになると我を見失い、恐ろしいことを平気で口にするものだとダールは心の中でため息を吐《つ》いた。

「まぁ良いじゃないっすか、元から子爵令嬢じゃ王太子妃になれないし」

「公爵の正妻にだってなれないはずだろうが！」

「あれはイレギュラーでしょ」

「正妻といったところで二度目の結婚じゃないか！　それに三十も歳上なんだぞ!?　それなのに幸せだなんて……！　くそっ……！」

「幸せは人それぞれですからね。本人たちが良いなら、良いんじゃないっすか？」

答えながらもダールは内心で呆れていた。あの女呼ばわりし、酷い別れ方をしても、ましてや捨てたつもりでいたってエドワードの心の底にはエリーナが棲《す》みついて離れないのだ。

こんなことならいっそ誰が何を言おうが、彼女の言葉を信じて手放さなければ良かったのに。

それでも結果は同じだっただろうなとダールは二人をそばで見ていたからこそわかっていた。エリーナならば、きっと責任を感じて自分から離れていっただろう。

いずれにせよ、エリーナはエドワードがいなくとも幸せになれたのだ。エリーナがいなければ幸せになれないエドワードとは違って。

「どうせあの女は、公爵のうまい口車に乗せられて騙されたんだろう、哀れなものだ」

エドワードはそう思わなければやっていられないのだ。

ダールは哀れなのは一体どちらだろうかと思った。

気持ちを胸に留めておく。エリーナに自分の正体がバレていることは言わない方が良いだろう。大体数度だけとはいえ、顔を合わせたことのある人間を潜入させる方がおかしいのだ。

「じゃあ、報告は終わったんで俺はもう行きますね。さっさと絵の続きを……」

「おい」

「はい？」

「……絵はいつ頃完成するんだ？」

「あと一か月くらいっすかね。お腹がこれ以上目立ってきたらドレスも着れませんから、早めに仕上げるように言われましたけど」

「ならでき上がったら、公爵家に納品する前に俺に見せに来い」

「はい？　なんでですか？」

わかっていてダールはすっとぼけてみせた。

大方、彼女の婚礼衣装が見たいとかそんなところだろう。しかし長く仕えているダールには、絵を見せたらエドワードが、彼女の肩に添えている他の男の手に怒り狂って絵を駄目にするだろうところまで見えていた。

そうはさせるものかといつものおちゃらけた調子で笑ってみせる。

「あぁ、彼女のドレス姿が見たいとか？」

「っ……そんなわけがないだろう⁉　誰があんな女のドレス姿なんかっ……！」

「そうっすか。じゃ、そのまま納品しますね。今からまた公爵家で仕事なんすよ、何かあればまた報告に来ますね」

しまったという顔をした主人に情がないわけではなかったが、今は徹夜続きの己の身体の方が可愛かった。

ダールが部屋を出てすぐ、何かが割れる音が執務室の閉じた扉の向こうから聞こえたが、彼はその場をさっさと後にした。

＊　＊　＊

真剣な顔で筆を持つダールに、エリーナはある意味で感心していた。

「あなたって本当にいろんなことをしてるのね」

エドワードの部下としてさまざまな任務に就いていることは聞いていたが、まさかここまで絵が描けるとは。

いっそ画家に転職すればと言った私に、ダールは考えておきますと小さく笑う。

「私はもうドレスを着なくて良いの？」

「ああ、はい。レースとかの細かいところは後でドレスを借りて描く予定なんで。今はアンタの顔だけあれば」

「ふうん、そう……殿下はお元気？」

話題の一環として投げかけたその言葉は未練からくるものではなかった。

ただ共通の知人くらいの認識で、自分にとってそこまで元恋人の存在が小さくなっていたことに言いながら驚いた。

「あれ、まだ心が残ってたりします？」

「まさか……私はもうなんとも思ってないわ。セオルド様が全て忘れさせてくれたもの」

獄中で味わった苦しみも、一生消えないだろうと思っていた憎しみも、それよりずっと優しい感情で受け止めてくれたから。

「公爵、良い父親になりそうですもんねぇ」

「そうね。良い夫で、良い父親で——だから私も良い妻であるように頑張るの」

「……女ってのは本当、決めたら一途なもんだ」

「なあに、急に」

「しみじみ思っただけっすよ。男も同じくらい忘れられたら楽なんでしょうが」

「あら、別に全部を忘れたわけじゃないのよ」

エドワードと過ごした全ての時間が憎悪に巻かれたわけではない。幸せだった思い出はしっかり根付いて離れない。だからこそ苦しい時期もあったけれど、今ようやく乗り越えられたのだ。

「けれど、今が最高に幸せなの」

とても言葉で言い表せないくらい、と私は今朝を思い出してまた笑う。

ありふれた日常だ。朝、顔を合わせておはようと言い、行ってきますと微笑む彼に行ってらっしゃいと言う。夕方になればただいまと笑うあの人をおかえりなさいと迎える、ただそれだけなのだが幸せだった。

「もう殿下に偶然会ったって、運命だなんて思わないっしょ？」

「ふふ、当たり前でしょう？」

「――まぁなんにせよ、幸せなら良かったっす。殿下の機嫌は最悪ですけど……二人とも不幸よりかは片方だけでも幸せな方がいいでしょ」

さらりと王太子を不幸者扱いしたダールを咎《とが》めようかと思ったが、もう自分が口を出すことでもないなと笑った。

絵が納品されたのはそれから一か月ほど経った頃だった。

「すごく上手ね。セオルド様が帰ってきたら早速お見せするわ」

「毎度あり！」

殿下の部下として公務をこなしながらの作業はとても大変だったのではないだろうか。セオルドから預かっていた給金を渡すと、少し疲れて見えたその瞳がパッと輝く。

「あなたに描いてもらって良かったわ」

「はは、嬉しいこと言ってくれますね。まぁこれでアンタと会うこともうないでしょうけど、お幸せに」

「ありがとう。……殿下も、幸せになれると良いわね」

その幸せの中に私が入ることはないけれど、と苦笑する。

ダールは一瞬だけ息を呑んで、けれどいつものように軽快に笑った。

「知ってます？　女が過去の男の幸せを願うのは、自分が今幸せだからって」

「……唐突にどうしたの？」

「殿下が幸せになるってことは、今のアンタの幸せが崩れるってことですよ」

その言葉が何を意味するのか、よくわからなかった。どういうことか詳しく聞こうかと思ったが、あまりに長居しているダールを訝《いぶか》しんだのかメイドが近くに寄ってきたので、それ以上は尋ねなかった。

「それじゃ、失礼します！」

去っていくその後ろ姿は、ついに一度もこちらを振り返ることはなかった。

私もまた、二度と会うことがないことを心の中で願っていた。

それから数か月後、吹雪の強い真冬の夜に息子のフィルを産んだ。セオルドは実の子どものように「私の跡を継ぐ子だ」と喜び、私の身体をそれはもう労《いたわ》ってくれた。

セオルドは以前から口にしていた通り、フィルが物心ついた頃からおもちゃの木剣を買い与え、使い方をそれは丁寧に教えていた。フィルもまたセオルドをお父様と呼んで慕った。

この幸せが永遠に続けば良いと思っていた。

しかし、幸せな日々の終わりはとても呆気なく、同時に無慈悲だった。持病に加えてまともに休まず仕事をしすぎたのだろう、倒れてからは意識も戻らず逝《い》ってしまった。

心の準備もできないまま、私は結婚して約七年で寡婦《かふ》となってしまったのだった。


睡眠薬を飲んだおかげか、少しばかり眠れたが、目を覚ましたところで待っているのはセオルドのいない朝だった。

「奥様、もう少しお休みください」

「……フィルは？」

息子の姿がそばにないことに不安を覚える。私が尋ねると、メイドたちは申し訳なさそうに顔を見合わせた。

「それが……旦那様が起きるまでそばにいると仰《おっしゃ》って。お止めしたのですが、旦那様が疲れているところを起こしてはいけないからと、静かにするように仰《おっしゃ》られまして……」

「……あの子らしいわね」

セオルドが亡くなってから初めて、微《かす》かにではあるが笑った。

私の言葉を聞いてメイドの一人が言いづらそうにこちらに視線を向けた。

「奥様、そろそろ旦那様を埋葬しませんと……」

棺に寝かせた夫の身体は今にも腐敗が始まるだろう。メイドたちが気を利かせて香水を定期的に漂わせたり空気を入れ替えたりしていることは知っていた。

しかしどうしても別れの準備をする心の余裕がない。かといってそのままにしておくわけにもいかず……。

「……けれどセオルド様、声をかけたら今にもお目覚めになりそうでしょう……？」

静かに眠っているだけのようだ。声をかけて起こせば、今にも起き上がりそうでどうしても別れの挨拶ができない。

「奥様……」

窓の外の空がまた明るくなったら、自称親戚が今日もたくさん来るのだろう。フィルが爵位を継げるようになるまでの繋ぎになってやるとか、後継人になってやるだとか、みんなが同じことを言いにわざわざやってくる。夫をまともに悼《いた》むこともせずに。

「……フィルのところへ行くわ」

ベッドから起き上がった私に心配そうな顔をした何人かのメイドがついてくる。

何も後を追ったりはしない――と考えかけ、はたしてそうだろうかと瞬きをする。もしフィルがいなければ、セオルドが亡くなってからも私は生きていようと思うだろうか。

「――お母様」

暗く淀んだ空気が流れるその場所に、フィルはいた。眠そうな目を擦《こす》りながらこちらへ駆け寄ってくる。

「ここで眠ると風邪を引くわ。部屋でゆっくり休みなさい」

「お父様がずっと起きないんです。お仕事でお疲れだから……お父様を部屋にお連れした方がいいのでは？」

「……フィル……」

私がいつまでもこうしているから、この子もセオルドがただ眠っているだけだと思ってしまうのだ。たとえ死を理解できなくとも、お別れはできるのに。

今はまだ綺麗でも、もう少しすれば臭いは抑えられなくなる。そのうち虫も寄り付くだろう。そんな姿を見たら今度こそ私は耐えられないし、フィルにも要らぬトラウマを植え付けるかもしれない。

「……明日、お父様とお別れをしなくてはならないの。もうずっと会えなくなるのよ」

「──どうしてですか？　またお仕事で遠くに行かれるのですか？」

「違うわ、そうじゃなくて」

そうじゃないのよ。お仕事をしすぎて、無理が祟《たた》ったのよ。

フィルを抱きしめて静かに涙を流した。私たちを見ていたメイドたちは何も言わず、神妙な顔で目を伏せた。

父が埋められるその様に訳もわからず泣き喚《わめ》いたフィルを咎《とが》める者は誰もおらず、普段からそばにいるメイドが必死に慰めている。その間にも私はそばにいることができず、やはり訪ねてきた遠縁を名乗る者たちの対応をしていた。

いい加減に追い返しても良いだろうか。頭を悩ませていた時に限ってそうはできない人物が来るものである。

「お久しぶりです、コルサエール夫人。この度は……」

「堅苦しい挨拶は要らないわ、ダール。どうしてあなたがここに？」

もう会うこともないと思っていた彼が来た理由をなんとなく察したものの、一応聞いておこう。

「殿下がこの前にずいぶんと酷いことを言ったそうで。主人の不始末のお詫びの品

夫が亡くなってすぐに来て暴言を吐いたあの日のことね。

を……」

「結構よ、要らないわ」

包みを受け取らずに睨むと、「ですよねぇ」と相変わらずヘラヘラした顔で彼は笑う。

「まぁ本題としてはアンタに話がありましてね。殿下が来ても良かったんですが、さすがにこの前の今日で恨まれたくなかったようで」

「……本題？」

「これからのコルサエール公爵家についてですが」

その言葉で私の血の気が引いたのに気が付いたのだろう、何も悪い話じゃないと彼は前置きをした上で続けた。

「まずご子息ですが、まだ六つですから爵位は継げませんよね」

「……そうね」

だから途方に暮れているのだ。自称親戚が狙っているのもそこだろう。いずれフィルが十八歳になって爵位を継げるようになるとしても、それまでは繋ぎが必要なのだ。

「ですが三か月以内に爵位を継承する者が見つからないようでしたら、自治権や爵位諸々《もろもろ》を王家に返却していただくことになります」

「返却って、それは……」

「残念ですが、コルサエール公爵家はセオルド殿の代で終わるってことです」

「それは……！」

セオルドの宿願だった。いつかフィルに爵位を継がせることが、自分の背中を辿り自分が愛した領地を続けて守っていくことが。

それなのにセオルドが亡くなったからと彼の夢まで消え失せるのは到底許せなかった。フィルが治めるその時までに、少しでも安心して統治できるような領地にしなくてはと日々言っていたのだから。

「三か月以内に信用のおける者が見つかりますか？　正直、もし見つけたとしてもそちらに全てを持っていかれるでしょうね。財産もこの家も爵位も、セオルド殿の遺した全てを」

王の使者として来ているからか、ダールはいつになく真面目な顔だ。

それがさらに私の心を焦らせた。いっそいつものようにふざけた話し方をしてくれたら良いのに。

「っ……そんなことわかってるわ！　じゃあどうしろと言うの!?」

どれだけセオルドが多額の資産を遺してくれたといっても、それを運用できなければ屋敷の維持費や使用人への支払いだけで簡単に底をついてしまう。

だからといって使用人を用済みとばかりに解雇できるものか。

「――これはあくまで提案ですが、ご子息がそれなりの歳に成長されるまで王家が委任統治するという形で保留なさるのはいかがです？」

「……保留……？」

「誰にも爵位を継がせず、またこの屋敷もそのままに王家の者が代理で統治するということです。もちろん先代の方針を変えることはありません、今まで通りに運営するだけですが」

「そんな制度が……？」

知っていればもっと早くにあの遠縁を名乗る者たちを追い払えたのに。息を吐くとダールが気まずげに視線を逸らした。

「えぇ、まぁ、作られまして」

「……作られた？」

その言葉になんだか嫌な予感がした。脳裏に浮かんだのは夫が息子に教えていた『うまい話には裏がある』という言葉だ。

「……その代償は？」

何かを得るためには何かを差し出さなければならないものだ。王家がそこまでのことを慈善でやるとは初めから思っていない。しかし言われたのは予想もしない言葉だった。

「アンタが王太子殿下の妃になるのでしたら、そのようにすることは可能です」

「——馬鹿なことを言わないで!!」

言葉の意味を理解するなり立ち上がり、目の前の蝋燭台《ろうそくだい》を思い切り投げつけてしまった。

すんでのところで避けたダールは「あぶねっ」と小声で呟《つぶや》いた。

「いや、ちょっと落ち着いて」

「ふざけているの!?　夫を亡くしたばかりの私によくもそんなことをっ……!!」

「俺もこれはあんまり良くないって言ったんですけど、聞かないんですよ！」

嫌悪感で心が溢れた。もうずっと感じていなかった汚い感情が私の頭の中をぐちゃぐちゃにする。

どうしてそんなにも私のことを侮辱できるのだろう。嫌いならば関わってこないでほしいと何度願っても叶わない。

どうしてこうまでして私の心を踏み躙《にじ》ることができるのだろう、あの男は。

「もう帰って!!　あなたを入れた私が愚かだったわ、もう二度と……」

「では公爵位を返上なさるおつもりですか」

ダールの言葉に何も答えられなくなった。それだけはいけない。

「よく考えてみてください。あなたが殿下の側室になるだけで、ご子息の将来は安泰も同然、もちろん妃として上がられたら、それなりの地位や暮らしも保証します。殿下の妻となるのですから、何に不自由することもありません」

あなたの心一つでこれからの公爵家の行く末が決まるのですよ、と優しい声音で説《と》くその男はまた来ますと言って帰っていった。


その次の日、ダールはまたやってきた。今度は主である本人を連れてだ。

ぐつぐつと煮え繰り返る腹を抑え、なんとか耐えながら応対しようと試みたのだが……

「やっと埋葬したのか。ははっ、貞淑な妻を演じるのも大変だな？　いまだに夫殺しの容疑がかかっていないとは、一体どんな毒を使ったんだ？」

口を開くなりそんなことを言い出したエドワードに思わず卓上の蝋燭台《ろうそくだい》を掴《つか》みかけたが、彼の背後に控えていたダールが必死な形相で首を横に振るものだから、なんとか耐えた。

「……嫌味を言いにわざわざいらっしゃったのですか？」

「俺はお前ほど暇ではない。息抜きがてら、お前の不幸そうなその顔を拝みに来ただけだ」

「――お暇なんですね」

そんなに不幸な顔が見たいのなら気が済むまでいくらでも見ていけば良い。

でも、これ以上心ないことを言われたら私も何をするかわからないわよ。

「……で？　いつになったら支度《したく》を始めるんだ？　こっちにも住まいを用意したりと準備があるんだ、さっさと日取りを決めろ」

高圧的に主語も脈絡もなく言うので、それが妃の件だと理解するまでに少し時間を要した。

しかし理解したところで妃になどなりたいはずもない。

「……殿下は私を妻にしたいと、そうお考えでしょうか？　それほど強く妃にと望まれるのは、私を囲いたいからだという認識でよろしいですか？」

そう尋ねた途端、彼の青い瞳が揺れた。しかしすぐにその口を引きつらせて小馬鹿にするようにこちらを見下ろした。

「誰がお前のような女を妻にしたいと思うものか！　お前なんか妾《めかけ》が妥当だ、お前の不幸そうな姿を見て笑いたいだけに決まっているだろう！」

こんなにも堂々と性格の悪さをひけらかす王太子というのもなかなかいないのではないか。私が驚いて瞬きをすると、何故だか後ろでダールが頭を抱えている。

しかしそうか、それでいいのならと前向きに考えることにした。

「そうですか、それを聞いて安心いたしました。要は私を慰み者になさりたいのでしょう？　ならば妾《めかけ》として殿下の望むままにこの身体を差し出します。それでよろしいですね？　では代理人の件はよろしくお願いいたします」

「……なに？　お前は妻より妾《めかけ》の方がいいと言うのか⁉」

「良いも何も、そもそも私は殿下になんの感情も抱いておりませんから。夫が遺したものを守るためですし、不必要な地位までは必要ありません」

「俺の妻の地位が不必要なものだと⁉　っ……公爵も哀れだな、お前に殺されて恨み言一つ言えずに……」

「殺してなどいません」

私はあと何度この言葉を口にしなければならないのだろう。もう過去の毒入りケーキの事件をどう誤解されても良かったが、セオルドとのことだけは決して誰にも誤解されたくない。

「夫のことを心から尊敬していましたし、愛していました。過去も今も、この先もずっと夫を愛し続けます。私の夫は後にも先にもセオルド様だけ。二度目の結婚などするはずがないでしょう」

妾《めかけ》であれば噂が立たぬように気を付けさえすればエドワードが私に飽きた後も普通の生活に戻れる。ほんの少しの我慢で大切なものを守れるのであれば。

「私が婚礼衣装を着るのはセオルド様のためだけです。殿下もまさか私に着てほしいわけではないでしょう？」

息が詰まりそうなその空間で、エドワードはぽつりと「好きにしろ」とだけ言って部屋を出ていってしまった。

「――妃より妾《めかけ》の方が良いって、さすがにそんなこと言われるとは思わなかったでしょうし……今頃ショック受けてると思いますよ」

残ったダールが、追いかけますんで、と頭を下げて出ていくのを横目で見ながら、深いため息を吐《つ》く。

こんなことになるとは思わなかったが、ひとまずまた来るだろう後継者に名乗りを上げる者たちを一蹴できるようになったことは、肩の荷をずいぶんと軽くさせた。

第二章　新しい生活

夫が亡くなってから途絶えなかった客人たちも、王家が一時預かりで統治管理すると知ったのか、とうとう公爵邸を訪れなくなった頃、私はエドワードが寄越した馬車に乗せられ、郊外の屋敷へと連れてこられた。

「どうせお前が寝泊まりする場所だし、この程度の屋敷でいいだろう」

どうやらこの屋敷は妾《めかけ》としてそばに置くことを決めた私に与えるつもりらしい。彼の言葉を聞いてようやく理解した。

特注のベッドが置かれた寝室は、どこか王城の彼の部屋を彷彿《ほうふつ》とさせて胸の中が妙に気持ち悪くなる。しかし同時に良かったと息を吐いた。彼が我が家を訪ねてきて亡き夫との思い出の詰まったあの屋敷を汚さなくて済むから。

「……気に入らないのか？」

不機嫌そうにこちらを睨みつけた彼に居心地の悪さを感じながら緩く首を振る。

「いいえ。気に入らないなんて……」

「わざわざ生活に困らないだけの屋敷を用意してやったんだ、感謝しろ。それで？　いつここに移り住めるんだ？」

「……何を仰《おっしゃ》っておられるのですか？」

意味がわからず首を傾げた私に彼の眉間の皺《しわ》はより深くなった。

もしかすると勘違いしているのかもしれない。

「私は妾《めかけ》になるとは言いましたが、殿下に囲われるつもりはありません。ですから、殿下が満足なさったら私は私の家へ帰ります」

「――なに？　お前まさかあの屋敷に住み続けるつもりなのか!?」

「当たり前でしょう？　私はセオルド様の妻ですもの」

「はっ、……それなら今から俺に抱かれるのは不貞だろう」

「ではおやめになりますか？」

私は本当にどちらでも良かった。ダールの持ってきた契約書にはしっかりと押印をして金庫に保管しているし、亡き夫の恩に報いて夫が遺したものを守れるのならばその方法はなんだって良いのだ。

たとえこの男に酷い目に遭わされても、それで夫も愛してくれた可愛い我が子を守れるのなら。

「……俺はお前のことが大っ嫌いだ」

吐き捨てるように言って私の腕を掴《つか》み、寝台に投げたこの人と視線を交わらせる前に静かに目を閉じた。嫌いだと言うくせに優しく触れる唇も、憎いと言いながら抱きしめる意味も、今の私にとってはどうでも良いことだ。


身支度を整えてなんでもない顔で屋敷から出てきた。驚いた顔をしたのは、どうやら外で警備をしていたらしいダールだった。

「殿下はどうなさったんです?」

「まだベッドで眠っていらっしゃるわよ。あなたが起こしてさしあげたら?」

「もうお帰りになるんですか。もう少しゆっくりしたって……せめて殿下が目覚めるまで」

「息子が待っているもの」

一刻も早くここを離れたかった。あの寝室にいたくはなかった。身体の節々が痛んだけれど、そんなことを悟らせないように努めていつも通りに振る舞う。

「あなたも大変ね、殿下の気まぐれに付き合わされて」

「はは、おかげさまで」

引きつった笑いを浮かべたダールは、きっと目が覚めて私がいないことに怒り狂ったエドワードに八つ当たりされるだろう。ため息を吐《つ》いていた。

公爵邸に帰り、ダイニングルームで紅茶を飲んでいた息子に、決してエドワードには向けなかった満面の笑みを浮かべた。

「フィル、ただいま。まだ起きていたの？　夜更かしは良くないわ」

どうしてまだ寝かし付けていないのだろうとメイドたちを見ると、そのうちの一人が深々と頭を下げた。

「おかえりなさいませ、奥様。申し訳ございません、坊っちゃまがどうしても奥様のお帰りを待ちたいと仰《おつしや》られたので」

「そうだったの。遅くなってごめんねフィル、一緒に部屋に戻りましょう。おいで」

手を伸ばして抱きついてきた息子の頭を撫でる。サラサラの青い髪はつい数刻前まで隣で寝ていた男と同じものだ。

自分のわがままのせいでいつかこの子が辛い思いをするだろうと考えると胸が締め付けられる。せめてこの血に相応《ふさわ》しい場所、そこに最も近い場所にいられるように。そんな夢を見てしまうのはいつだってこの子の将来を案じていた夫のせいだなと、息子の小さな頭を撫でながら忍び笑った。

そうして私が妾《めかけ》として再びエドワードと会うようになって、気が付けば一年と少しが経とうとしていた。

「やる」

ぶっきらぼうな態度で差し出された色とりどりの花束に、私はつい「またですか」と呆れた声を出しながら受け取った。

「別にお前にやるつもりで買ったわけじゃない。花売り娘が可愛かったからな、その娘の気を引くために……」

この男は毎度同じことを言う。私はさして興味もないそれをテーブルの上に置いた。すぐに飽きて終わるかと思われた私と彼の関係は意外に長く続いており、しかしながら何かが変わったかといえばそうでもなく、彼は相変わらず荒い言葉でたびたび罵《ののし》る。

――もっとも以前よりはその頻度は減ったけれど。

変わる理由などないだろう、と思っていたのはもしかすると自分だけかもしれない。

貰った花束をぼうっと見つめる。

「……この前言っていた観劇、結局どうするんだ」

どこか緊張した声音で彼が尋ねた。

最後に会った時に要らないと言ったのにしつこく家まで送ると言った彼は、馬車の中で私を観劇に誘ってきた。私はあまりにも驚いたので「考えておきます」と中途半端な返答をしてしまった。

だっていつも嫌味ばかり言うこの人が、昔のように顔を真っ赤にして二人で行きたいんだと言ってきたから、つっけんどんに断るわけにもいかなかったのだ。

「――やめておきます。殿下と会うのはこの屋敷の中だけで十分でしょう」

身体を繋げておいていまさらかもしれないが、これ以上深入りしたくなかった。

もしかすると彼はこの関係を変えようとしているのかもしれない。けれど、私は自分にかけられた冤罪をいまさらむし返す気はなかったが、だからといって彼を許す気持ちにはなれなかった。

気の向くままの体だけの関係で良い。彼が私に飽きた時が、契約の対価の支払いを終える時だ。

「殿下は私と行くより、他の方と行かれた方が楽しいと思いますよ」

そう返した私は何故だか彼を見ることができなかった。

「そう思うのはお前だけだろう」

背後からかけられたその言葉は聞こえなかったふりをした。

＊＊＊

ある昼下がり、直前の知らせと共に公爵邸を訪ねてきたのは、夫の弟であるサレム・コルサエールだった。各国を自由奔放《ほんぽう》に旅しているという彼に夫が手紙を送っていたことは私も知っている。どの国にも定住していないために「返事がなかなかないんだ」と夫が苦笑していた姿をまるで昨日のことのように思い出す。

夫が亡くなったことはその日のうちに使いを出したけれども、どうやら知ったのはつい最近になってかららしかった。

「本当に申し訳なかった。知ってからはすぐに帰るつもりが、ずいぶんと長い旅になってしまってな」

そう言う彼はセオルドととても似た風貌で、あぁ彼の弟だと見ただけでわかるほど優しい顔立ちをしていた。

「結婚の祝いは送ったんだが、それからめっきり……兄にもまた支えてそばにいてくれる人ができたと思って、安心しきっていたんだ」

「お会いできて光栄です。セオルド様からよくお話をうかがっておりました」

微笑みながら挨拶したけれど、内心は穏やかではなかった。

彼が何をどこまで夫から聞いているのか、わからなかったからだ。もしかするとフィルのことは何も知らないのかもしれない。

「なんとお呼びすれば……？」

夫の弟ではあるけれど自分よりも二十も歳上である。困って尋ねると、やはり夫にそっくりな優しい笑顔を浮かべる。

「俺のことはサレムと。兄からエリーナ殿の話は手紙でよく聞いていたよ」

聞けばこの数年の間、彼は東洋の国を転々としていたらしかった。他国の文化を学びその肌で感じて自分の好奇心を満たすことが生き甲斐だと、十六の時に周りの反対を押し切って留学という名で家を飛び出したそうだ。

「兄が再婚したと聞いて、また近いうちに帰ろうと思ってばかりで結局先延ばしにしてしまった。一人で大変だっただろう。いろんな輩が訪ねてきたんじゃないか？　本当にすまなかった」

悔やんでも悔やみきれないと唇を噛んで頭を押さえた彼に、私は首を横に振った。

「どうかお気になさらないでください。いつかサレム様とお会いできるのを楽しみにしておりました。夫はもうおりませんけれど、せっかく帰っていらしたのですから、セオルド様の代わりに旅の話をお聞かせ願えますか？」

「もちろん」

嬉しそうに笑ったサレムはやはり夫と似ていた。

「弟？　――そう言って男を連れ込んだんじゃないのか？」

最近は控えめになっていた下衆《げす》な言葉を言い放ったエドワードに苛立ちが最高潮に達した。

サレムが滞在している間は会えないと使いの者を追い返そうとしたら、せめてそれは自分の口で言ってくれと言うから、わざわざ足を運んだというのに。

「彼を侮辱なさらないでください。夫にとてもそっくりな人です。一目見たら誰だって弟だとわかりますわ」

「はっ！　最愛の夫にそっくりな奴を囲うつもりか？」

どうやら何を言ったところで殿下はその口を閉じる気はないらしい。これ以上は時間の無駄だと身を翻《ひるがえ》した。

「とにかくしばらくは呼び出さないでいただけますか？　私はもう帰ります」

「そんなことを言うためにわざわざ来たのか。……俺よりその男を優先すると？」

「私は息子を優先しているだけですわ。あの子が誰かに懐《なつ》いて笑顔になるなんて、夫が亡くなって以来ですもの。まだしばらくサレム様に滞在していただきたいんです」

何より大切なのは息子であるフィルのことだ。サレムを見て初めは驚いた顔をしていたけれど、旅の話や土産《みやげ》を見せられるうちにすっかり心を開いて今では一緒に寝たいと客室に忍び込むほど懐《なつ》いていた。サレムもそれを嫌がることなくフィルの世話をしてくれている。

「では私はこれで」

「待て」

ぐいっと痛いほど強い力で腕を引かれ、眉を寄せた。

「殿下!?」

「お前、その男と寝たりしたら許さないからな」

恐ろしいほど冷たい瞳で見下ろされ、怖いと思うのについ笑ってしまった。

「――許さない？　私はあなたの恋人でも妻でもありません。ただの情人が他の男と寝たところで浮気にはなりませんわ」

当たり前ながらサレムとそんな関係になることはあり得ないし、向こうだって私をそんな風に見ることはない。

大体エドワードにはまだ正式なものではなかったが、可愛らしい婚約者候補がいたはずだ。彼に私を縛るものはない。

「……調子に乗るなよ」

怒りを孕《はら》んだその声に、背中をひやりとした汗が流れ落ちる。

彼は私の腕を掴《つか》んだままベッドの上へ投げた。

「俺はお前がこうして俺に抱かれている対価を払ってやっている。お前は俺に買われているのだろう? 物を持ち主の許可なしに他の誰かに貸して良いと思うか?」

お前は俺のものだ、忘れるな。暗にそう告げた彼に私は何も言えなかった。私は物ではないし、あなたが暇を潰すためのおもちゃでもない。そう言えなかったのは、今何か言うために口を開いたら、涙がこぼれそうだったからだ。

こんなに違うものだろうかと、いつか親子三人で眠りについた日のことを思い出す。私と夫に身体の関係はなかったけれど、確かに愛があった。温かくて、ずっと触れていたいその手はもうない。代わりに私の手を強く握りしめる殿下の手は酷く冷たくて、けれど何故だか振り払えないことが、とてももどかしかった。

優しく自分の髪を撫でる手にうつらうつらとした気分でゆっくり瞼を開ける。私は覚えのあるそれにくすりと笑った。

「旦那様、くすぐったいわ」

その言葉にぴたりと止まって離れていった手の先を追うと、視界の端にエドワードの姿が映った。瞬時に意識が冴える。

「申し訳ありません、寝ぼけてしまったようです」

「お前は」

慌てて帰る支度《したく》をしようとベッドから下りた私はつい彼の方を見てしまった。

あぁ、美しい人だなと思った。嫌味でもなんでもなく、この人は初めて出会った時から変わらずまるで美術品のように美しい。嫌味ばかり言う時のこの人は憎たらしかったけれど、こうして何かを堪えるように物憂げな瞳でこちらを見る彼と視線が交わった時、私はどうしても何も言えないのだ。

「俺がどうしたら満足するんだ？」

「――はい？」

「妻にと乞《こ》えば妾《めかけ》にと断る。俺が花を渡したって、どうせ帰りにでも捨てているんじゃないのか？」

その言葉にどきりとしたのはおそらくバレてしまっただろう。言われたことは図星で、どこかで見ていたのかと視線が彷徨《さまよ》う。

「その、花束を家に持ち帰るわけにいきませんもの」

言い訳がましい私の言葉に彼はいつものように鼻で笑わず、いたって真面目な顔でこちらを見つめ続けた。

「俺との関係はそんなに疚《やま》しいか？」

「……私は旦那様の、セオルド様の妻ですもの。疚《やま》しくないわけがありませんわ」

「っ……そんなに死んだ人間が恋しいか⁉」

怒鳴った彼に何をそんな当たり前のことをと目を細めた。

亡くなったからと思い出が消えるはずはなく、夫が私とフィルに惜しみなく与えてくれた温かい愛を忘れるはずもなかった。

「ええ、とても」

臆《おく》することなく応えると、彼は台の上の香炉を床へと投げつけた。割れた音でおそらくダールのものだろう、足音が近付いてくる。

彼が物に当たるような人だったとは知らなかったので驚きはしたものの、こうしている間も私がいないことをサレムが訝《いぶか》しんでいるかもしれないと思うと気が気ではなかった。

「私はもう帰りますから」

そう言って彼に背を向けた時、彼はぽつりと呟《つぶや》いた。

「好きだ」

静かな響きだった。その言葉の意味を理解したくなかった。

精一杯軽い調子で応える。

「――殿下、悪趣味な冗談はおやめください」

「気持ちを受け取ってもくれないのか」

震える彼の声に頭が痛くなる。

最近はすっかり忘れていた、あの頃牢の中で何度も思った自分の声が響く。

もうこの人に振り回されたくない。こんな言葉一つで心を乱されたくない。きっとあなたの隣で笑う日など、もう永遠にこない。

「――あの頃、私の無実を信じてくれたのはセオルド様だけです。牢の中で隙間風が身体を冷やすたびに、殿下を恋慕ったことを心から後悔しました」

なんて綺麗な人なんだろう、なんて。自分の身分も考えずに手を伸ばした、その末路があれではどうしようもない。

「……けれど殿下のおかげでセオルド様と出会えて、フィルを産むことができました。

それだけは感謝しております」

もう愛などかけらも残っていないのだとはっきり口にして私は部屋を出た。

廊下にはやはりダールが立っていて、辛そうな顔をしている。

「帰るわ」

「残酷な方ですね。あんまり虐《いじ》めないでくださいよ」

咎《とが》めるような声に私は静かに笑った。

「もう世間知らずの小娘じゃないもの。けれど私の言葉に傷付くような方じゃないわよ」

夢を見ても許される時間はとうに終わった。私は今の現実を生きなければならない。

そこに今以上のものは必要ない。

私は一度も振り返ることなく屋敷を後にした。


「明日旅立ちます」

急いで帰宅した私は支度《したく》ができたばかりの夕食の席になんとか間に合った。出かけていたことを悟られぬようういつも通りに席に着くと、サレムが突然そんなことを言った。

まだしばらくいると思っていただけに驚きを隠せない。

「もう出発されるのですか？」

「ええ。兄への挨拶は済みましたし、領地問題も特に滞《とどこお》りないようですから。俺がいなければならない理由は何もありません」

「そんな……」

何もそんなことのためにいてほしいと願ったわけではないのに……私の横に座ったフィルもまた寂しげな顔をして首を振った。

「どうして？　嫌です、まだ僕と遊んでくれる約束でしょう？」

「すまない、だがまた来るよ。手紙も書こう。土産《みやげ》も送るし、フィルが大きくなれば俺のいるところまで遊びに来ればいい。その時は一緒にいろんな場所を見て回ろう」

すっかり臍《へそ》を曲げた様子のフィルに苦笑したサレムは、そのまま夫と同じ緑の瞳を細めてこちらを見た。

「突然来て突然帰ると、迷惑ばかりかけてすまないな」

「迷惑だなんて……」

「――僕がいい子にしてて大きくなったら本当に一緒に行けますか？」

フィルの言葉に彼は大きく頷《うなず》いた。

「あぁ。だがそれにはまず賢くならないとな。たくさん勉強をして、お父様のように強くなるんだ。この公爵家の跡を継ぐのはフィルなのだからな」

「サレム様」

「間に合うのなら俺がしばらく繋ぎでと思ったが、どうやらその必要はなかったようだしな。それに俺は政治や領地経営から離れすぎたから、少し不安だったんだ。まぁ一時傾いたとしても、この賢い子がいればまた持ち直すだろう」

セオルド唯一の親族が、フィルを跡取りとして認めてくれたにもかかわらず、私は何も言えなかった。喜ぶべきであるのに、本当のことを話せずとても心苦しかったのだ。

「あら……申し訳ありません、この子ったらこんなところで」

居間のソファーの上でサレムに寄り掛かるようにして息子が眠っている。サレムに声をかけると、彼はゆるりと首を振った。

「かまわない。もっと早くにここを発つと言えたら良かったんだが、なかなか言い出せなくてな。だが帰ってきて本当に良かった」

「サレム様」

「兄が再婚した、しかも相手が三十も年の離れた女性と聞いた時には耳を疑ったが。あなたは聡明な人だし、共に過ごせた時間はとても楽しかった。兄が守りたかったのもわかる気がするよ」

それに、と思い出したようにサレムが続けた。

「兄と前妻を同じ墓に入れてくれてありがとう。あなたの前で言うのもなんだが、あの二人はとても愛し合っていたんだ」

「えぇ、存じております」

私が夫にできたのはそれだけだ。せめて共に安らかに、天国で会えたらいいと思う。

「フィルのことだが」

サレムの言葉に思わず肩を揺らしてしまう。このまま何も話さずに見送るつもりはなかった。

「……ご存じなのですね」

硬い声音で尋ねた私に、まぁそうだな、と彼は笑った。

初めてサレムがフィルに会った時、容姿を見て驚かなかったことが印象深く、頭から離れなかった。

「だが会って思ったよ、この子は昔の兄さんにとても似ている。兄さんから本当に可愛がられたんだろう。この家の跡取りはこの子の他にいない」

サレムの言葉に胸のあたりがグッと詰まった気がした。嘘をつくような人ではないと、共に過ごしてわかるけれど、それでも本当にそう思っているのだろうか。フィルはこの名家の血を一滴たりとも引いていないのだ。それなのに本当に良いのだろうかと。かつて同じ質問をした私に、夫は良いに決まっていると笑っていたけれど。

「この子は兄さんの子だ。この家を継ぐに相応《ふさわ》しいのはこの子だけさ。……だが、そうだな」

少し考えるようにしてサレムは笑って言った。

「あなたがこの先、この子の父親と共になることがあれば、後のことは俺がしよう。その時は家のことは何も考えなくていい」

「――そんなことはあり得ません」

「その時はの話だ。もしかするとそういうこともあるかもしれないだろう？　それにもしあなたが誰かと心から幸せになれたなら、きっと兄も祝福すると思う。だから兄から受けた恩がとか、公爵家の存続がとか、そういうことは気にしなくて良いと言いたいんだ。兄はあなたが幸せになれる方法をずっと探していたから」

その言葉に耐えられず、声が大きくなってしまった。

「私は幸せでした！」

セオルド様の妻として、フィルの母親として、本当の家族のように温かい家庭があった。心の底から幸せだったあの感情は決して嘘ではない。

「あなたはまだ若い。俺はあなたとのことを少ししか聞いていないから詳しいことはわからないが、男というのは実に単純だ。それに馬鹿だから、失って初めて大切なものに気が付く。けれどそう何度も同じ失敗はしないはずだ。……もし相手があなたを失った過去を悔やんでいるのなら、少しは目を向けてみても良いかもしれない。もちろん選ぶのはあなただ」

夫より十も年下で、けれど私より二十年も長く生きてきた彼の言葉は、重く心に響いた。

サレムが去った屋敷は元の通り静かになった。

そのせいか、あの日からすっかり呼び出しがやんだ。

エドワードのことをつい考えてしまう自分が嫌だった。眠ろうにも鬱陶しい記憶が浮かんで目が冴えてしまって、少し気を晴らそうと庭を散歩することにした。裏門の方向へ行くとフィルが最近庭師と共に面倒を見ている花が色とりどりに咲いている。懸命に世話をしていた息子の姿を思い出し、エドワードから貰った花をためらいなく捨てたことに少しずつ罪悪感が湧いてくる。

その時、不意に人の気配がした。

「――誰かいるの？」

耳に届いた葉の擦《こす》れる音に思わず声を出した。こんな深夜に使用人が庭をうろついているわけがない。おそるおそる音のした門の方へ視線をやって驚いた。

「あなた、こんな時間に何をしているの？」

鉄の格子の向こうに立っていたのは息子のフィルよりも小さな、まだ年端もいかない少年だった。

「あの、ごめんなさい、僕」

怒られたと思ったのか、たどたどしい言葉で少年は瞳に涙を浮かべた。

「どうしたの？」

さすがに不用心に門を開けるわけにもいかず、格子越しに腰を落として視線を合わせる。

身なりからしておそらく平民、それもかなり貧しいようだ。身につけているボロ切れのような服はつぎはぎだらけで汚れ切っていた。

「あなたはどうしてここへ？」

優しく尋ねてあげると少しばかり安心したのか、少年は震える声で言った。

「弟が、ずっとごはん食べていなくて、倒れて、どうしようって。そしたらおじさんが、貴族様にほどこしを貰いに行けって」

拙《つたな》い説明だったが、事情はすぐに理解した。私は屋敷の方を一瞥《いちべつ》して門を解錠した。

「わかったわ。弟はどこにいるの？」

「向こうの川の橋の下、僕の家」

「あぁ……」

　少年が指を差した方向には王都を大きく横切って流れる川がある。その下に浮浪者が集《つど》って屋根を張り、住み着いていることは知っていた。

　ここから少し距離があることを考えると、おそらくはここに来るまでに何軒か寄ったが、快く助けを貰えなかったのだろう。一度助けてしまえば他の浮浪者たちも話を聞き付けて屋敷まで来ることがある。しかし私にはどうしてもこの息子ほどの歳の子を放ったらかしにはできなかった。

「少しお待ちなさい」

　少年にそう告げて立ち上がり、屋敷の厨房へと足を運んだ。夜更けまで明日の仕込みと片付けをしてくれている者がいるはずだ。

「奥様!?　このような時間にいかがなさったのですか、何か……」

　使用人たちは足を踏み入れた私に驚いた顔をした。

　仕事を中断させてしまい申し訳なく思いながら頼んだ。

「忙しいところ申し訳ないのだけれど、子どもが食べられそうなもの……身体に優しいものを用意できるかしら」

「え？」

「子どもが来ているの、フィルと同じような歳の子……」

そう言うと納得したような表情だったが、それはすぐに侮蔑《ぶべつ》に変わった。

「こんな時間、それも奥様に。非常識な子どもですね。追い返しましょうか？」

「そんなことを言わないで。旦那様だったらきっと助けてあげるもの」

私の言葉に納得したのか、渋々ながら彼らは動き始めた。

「わかりました、すぐに用意いたします」

そうして準備された軽食と水の入った容器を詰めたカゴを持って私は屋敷の警護を一人だけ連れて門へと向かった。不安そうな表情をしていた少年は再び現れた私を見るなりホッとしたように息を吐いた。

まだ朝陽の昇りそうもない夜空の下を少年の先導で歩く。そうしたのは誰かの目につくことは最小限にした方が良いだろうと判断したためだった。

思っていたよりも着くのに長く歩いた気がする。案内された場所は酷い臭いで、見るからに顔を顰《しか》めた護衛にここで待っているようにとだけ言って、私は少年の後について奥へ進んだ。

「イミル、――イミル？」

少年の言葉に微《かす》かに動いたのはやはり小さな男の子で、酷く痩せ細っていた。

「……水は？」

「あ……川の水なら」

まともな食事も取れない上に、こんな汚れた川の水を飲んでいれば倒れても仕方がない。それもこんな幼児だけで暮らしているなんて、親はどうしたというのだろう。

「二人で住んでいるの？」

「うん」

「……わかったわ。お医者様に診てもらいましょう」

ここの淀んだ空気も身体には毒だろう。軽くて今にも折れてしまいそうなイミルと呼ばれた子どもを抱きかかえると、少年は泣きそうな顔で首を振った。

「お医者様なんて、お金ないよ」

孤児の行く先などほとんどない。神殿や教会、孤児院で受け入れられたらそれはよほど運の良いことだ。もちろんこの助けはこの二人の根本的な解決策にはならないとわかっている。けれど、自分の可愛い息子と同じくらい幼い子たちが苦しんでいるのを放ってはおけなかった。

「お医者様をここへ呼ぶわけにはいかないの、ひとまずここを出ましょう。お金なら私が払うから。ここまで来たのだもの、最後まで責任は持つわ」

私がそう言った時、月明かりにきらめく川面にゆらりと影が差した。

「――やっぱり。アンタ何やってんすか、そんなところで」

軽快な声で橋の上から声をかけてきたのはダールだった。

突然現れた彼に悲鳴を上げそうになったが、なんとか堪えて平静を保つ。

「ダール、あなたこそどうしてここに」

「公務からのお戻りのつきそいっすよ」

声がひっくり返ることは抑えたものの、おそらく完全には隠せなかっただろう。

苦笑した彼が指を差した方角に視線をやる。その先にあったのは馬車、それもただの貴族の馬車ではない。王家の紋章こそは入っていないが、いつもあの屋敷で会う時にエドワードが乗ってくるものだった。

「どうしてエリーナがこんなところに？」

馬車から降りてきた王太子の姿に、それはこちらのセリフだと言いたいのをグッと我慢して頭を下げる。

「殿下……」

こんなところで会ってしまうなんて。

エドワードも予想外であったことは同じのようだ。彼の訝《いぶか》る声に妙に安堵した。

「こんな時間に何をやっているんだ」

橋の下へ歩いてきた彼にダールが慌てて止めに入る。

「殿下、足場が脆《もろ》いので危険です」

「平気だ」

「いけません、怪我をなさったら俺の責任になるんで」

「そんなところにエリーナがいる方が問題だろう。早くこっちへ来い、一体何を……」

言われた通り素直に橋を上がって馬車に近付くと、エドワードは怪訝《けげん》な顔で腕の中で眠る子どもを見下ろした。

「この子は？」

「おそらく栄養失調と……とにかくお医者様に診てもらわなければ。ひとまず我が家に連れていこうかと」

「知っている子なのか？」

「知り合いではありませんが……放っておけませんから」

いくら貧しい民に手を差し伸べるのが貴族の務めといわれていても、自分の手でそうする者はあまりいない。出会ったばかりのその子を医者に診せようなんて亡き夫くらいのものだろう。

「そなたの馬車はどこにある？　――まさか屋敷から歩いてきたのか？　護衛もその男一人しか見当たらないが」

「あ……えっと……」

公爵家の正妻がこんな時間にこのようなところへ出向くなんてあり得ないことだ。エドワードの怒号を覚悟してぎゅっと目を瞑《つむ》る。

「危ないだろう！　何かあったらどうするつもりだったんだ!?」

予想通り怒鳴られたものの、それが自分を心配する内容であったことに驚いて目を瞬かせた。

「も、申し訳ございません……」

「ただでさえここは治安が良くない、とりあえず俺の馬車に乗れ」

「それはいけませんわ！」

王家の紋章が入っていないとはいえ、王家の馬車に、しかも王太子の馬車に平民を乗せることなどあってはならない。

「ならばそなたが背負って屋敷まで歩いていくのか？　それがその衰弱しきった子どものためになると？」

「それは……」

「俺のことなら案ずるな。もし騒ぎ立てる者がいたら俺が黙らせる。そなたは俺の命令に従っただけだと言えばいい」

はっきりと言い切った彼の口調はまるで昔のようで、私はそれ以上反抗する気をなくし、大人しく頷《うなず》いた。

「エリーナ。この馬車は入り口が狭いだろう。掴《つか》まれ」

手を差し出したのは彼なのに、私がその手を取ると驚いた顔をした。夜でもわかるほど彼は耳まで真っ赤になった。やがて動き出した馬車の中で彼は何も言わず、私も何も言わなかったし何も聞かなかった。

屋敷へ戻った私は使用人がすっかり出揃っているのを見て驚いてしまった。

「おかえりなさいませ奥様、厨房の者から聞いてとても心配を――」

メイドの一人が私の背後に立つエドワードに気付いた途端、息を呑んだ。

公爵家に仕えてくれる彼女たちはそれなりの身分の出であるし、彼がこの国の王太子であることくらいはわかったのだろう。
「ごめんなさい、急だったから……」
「お、奥様、その子どもは」
「朝になったらお医者様をお呼びして。それまでは空いているベッドに」
承知しましたと、私の代わりに少年を抱いたメイドたちの後ろ姿を見送る。それから
エドワードに向き直った。
「送っていただき、ありがとうございました」
「いや、どうせ帰路の途中だ。気にするな」
首を振る彼に次に何を言うべきかわからなかった。昼間であれば礼に茶でも出せるの
だが、こんな時間では引き止めるのもおかしい。
「……そなたのことだから夜中に御者《ぎょしゃ》を呼ぶのも、とか人の目が、などと思ったのだろ
うが、何かあってからでは遅い。二度とこんな無防備に出歩くのはやめてくれ、寿命が
縮んでしまう」
「はい。申し訳ございません」
「そなたは鈍いから念のため言うが、これは王太子ではなく俺個人としての言葉だか
らな」

「……はい？」

どういうことだろうと首を傾げる。

すぐそばにいたダールはくつくつと笑い、エドワードは呆れたような大きなため息を吐《つ》いた。

「俺はそなたに公爵夫人としての振る舞いを求めたことはない。むしろそうされるたびに俺は……」

言葉を切った彼の言いたいことはわからなかった。

もうずっと、彼の言いたいことはわからないままだ。彼の考えていることを察したいと思う方がおこがましいのかもしれない。

「……とにかく心配だから気を付けろ。俺自身が勝手にそなたを心配しているだけだ。言っただろう、そなたが好きだと」

かつてあなたは私を一番に想っていると言った。けれど私のことを疑い、私の言葉を信じてくれなかった。私が公爵と結婚すれば酷い言葉で罵《ののし》り、それなのに私を好きだと言う。

どれが本当のこの人なのか、私にはもうわからない。

「……無礼を承知で申し上げます、殿下。夜が明ける前に城へお戻りください」

これ以上彼の言葉を聞いていたくなくて言ったそれは彼の機嫌を損ねたらしい。

「そんなに追い返したいか？」

「そういうわけではありませんが、噂になっては困ります。夫の名を貶《おとし》めるようなことだけはしたくありません」

夫、と言った途端に彼の顔が強張った。一瞬揺らいだように見えた瞳は、次の瞬間にはいつもの意地悪なものに変わっていた。

「もう手遅れだろう？」

嘲笑《あざわら》った彼の表情は、まるで傷付いた顔を隠すためのものに見えた。

けれども私は冷たいその言い方に相応の返事をしてしまう。

「身体だけのことでしょう？　心が他の誰かと繋がる日は永遠にきませんもの」

「……わからないだろ」

「断言できます」

「何を根拠に？」

「私はあの日から、一瞬たりとも殿下を信じたいと思ったことも、また殿下のおそばにいたいと思ったこともありませんから」

「――夫人。あんまり殿下を虐《いじ》めないでくださいと言ったでしょう」

ダールの言葉に虐《いじ》めてなどいないと眉を寄せる。しかし殿下の、その宝石みたいに青い瞳が今にも泣きそうに揺れているのを見ると本当に私が虐《いじ》めていたみたいだ。

「殿下、帰りましょう。夜が明ける前に部屋に戻りませんと」

「……そうだな、……また連絡する」

エドワードの言葉には返事をしなかった。ただ礼の意味を込めて頭を下げただけだった。

＊　＊　＊

エドワードは昔から自分が底意地の悪い人間であったことを自覚していた。同時に天邪鬼《あまのじゃく》な性格で、思い通りにならないことがあると苛立たしくてたまらなかった。この性分をようやく治そうと思ったのは、これ以上後悔しないためだ。

彼女のことを好きなのだと認めてからは、気持ちは不思議なくらい落ち着いた。

結婚したと聞いた時に胸が痛くて眠れなかったことも、懐妊したと聞いた時に目の前が真っ暗になり食事すらまともにできなかったことも、彼女を忘れようとすればするほど、あの美しい紫の瞳を細めた笑顔が脳裏に浮かぶのも……どうしようもないほど彼女に焦がれているからだ。

　できることなら出会った頃からやり直したい。何もなかったことにはできないけれど、せめて今の関係を変えたいのだ。もう心にもないことを言って彼女を傷付けたくない。亡き公爵に嫉妬してお前だなんて言葉で彼女を呼ぶのではなく、もっと愛しい者を呼ぶように声をかけたいし、威圧的な態度だってもうやめたい。

　できることなら彼女にもう一度、俺の隣で笑ってほしい。

　そのためにも少しずつ関係を変えられるように、まずは自分の心を素直に伝えることにした。

　それは自分にとってたやすいことではなくて、今まで隠していたものを曝《さら》け出すことは恥ずかしくも苦しくもあった。けれどそうしてエリーナに接すると、氷のようだった彼女の視線がほんの少し揺らいだから――俺はその一縷《いちる》の可能性に縋《すが》ることしかできないのだ。

　王城の一角にある自分の執務室に来客があった。久しい相手だったので、エドワードは喜んで迎えた。

「お久しぶりにございます、殿下。お変わりありませんか？」

にこりと微笑んでこちらを窺うように金の髪を揺らしたのはルーカス・エデュケート。つい先日まで留学で他国へ赴いていた幼馴染の公爵子息だった。

「あぁ、ダールがよく働いてくれたから変わらずやれている」

「そうですか。こんな奴でも役に立ったのなら幸いです」

どこか尖《とが》ったルーカスの言葉に、ダールはぴくりと眉を動かしたけれど何も言うことはなく、俺もルーカスの言い方には引っかかったものの、余計な火種を作らぬよう流すことにした。

「では仕事は溜まってないのですね、安心しました」

「あぁ。まぁ、煩《わずら》わしいことはあるのだがな――父上が早く婚約者を決めろとうるさいんだ」

勝手に決められたところで、大人しく従う気はない。そのことは父である国王もわかっているだろう。ルーカスは困ったように笑った。

「確かに婚約者は早く決めるに越したことはありませんが――殿下のお歳なら、結婚してもう子どもがいてもおかしくはありませんから」

この男にそんなことを言われたとて、お前だって結婚していないし、婚約すらまだじゃないかとつい口を尖《とが》らせる。

しかし言わなかったのは、これ以上この男に喋らせると今自分の婚約者候補に挙がっているこの男の妹のことを言い出すからだ。

「言っておくが、俺には妻にしたい女がいるからな。その者が俺に口説かれてくれるまでいつまでも待つつもりだ」

「……そうなのですか。どなたです？」

少しばかり驚いた様子ではあったものの、どこかホッとした顔で尋ねてきた。

なんでもないように答える。

「お前も知っている相手だと思うが」

なんとなく気恥ずかしくて卓上のペンをくるくると回すと、ルーカスは眉を寄せた。

「見当がつきません、何しろ昨日帰国したばかりですので……」

「エリーナを知らないわけはないだろう」

「──殿下!!」

血相を変えたルーカスが、まるで親の仇《かたき》を捕えたかのような瞳でテーブルを叩いた。

「何をお考えなのですか!?　殿下を殺そうとした者を野放しにしただけでなく、まだ想いを寄せていると!?」

「……確たる証拠はなかっただろう？」

エリーナと再会するまでは、彼女がしたことだと信じて疑わなかった。幼い頃から刺客に狙われてきた俺にとって死への恐怖はとても大きく、当時はまともに彼女に向き合う勇気がなかったのだ。

しかし彼女を失ってからまともに眠れなくなった。彼女の夫が亡くなり、無理やり自分のものにしてからはまるで薬を呑んだようにどっぷりと眠れた。

彼女を横にして何度も眠っている。その間にだって殺そうと思えば殺せただろうに彼女はそうはしなかった。自分を殺す理由など、彼女には全くなかったのだ。

俺が彼女に冷たく当たったのは、そのことを認めたら、俺は自分の愚かさを認めなければならなくなるから——最低な理由だった。

それでも怖くてたまらなかった。俺の周りには俺の立場を抜きにして俺自身を愛してくれた人間など一人もいなかった。

そんな俺を愛してくれた彼女を、自分の手で突き放したことなど知りたくなかった。

「何を仰《おっしゃ》いますか！　裏市で毒薬を買ったことは調べがついておりましたし、王太子ともあろうお方に、手作りのものを食べさせる時点でおかしいではありませんか!!」

「あれは……俺が食べたいと言ったんだ」

実のところ、そんなことを言った記憶はない。しかしダールによれば確かに言っていたらしいし、その前後の会話――彼女が母親と共によく菓子を作るという話の流れを聞いた時、確かになんの気なくエリーナが作った菓子を食べたいから今度持ってきてくれと言った気がする。そんなことも言われなければ朧《おぼろ》げにしか思い出せない俺は一体どれほど傲慢な恋人であったことか。

「そんなこといまさらッ……！　殿下に捨てられてすぐに公爵に股を開くような女ですよ!?」

「公爵はもう死んだ。それからルーカス、俺の想い人を女呼ばわりするとはどういうつもりだ？」

彼女を貶《けな》す言葉を許せないなんて、彼女を散々罵《ののし》った俺が言えることではないかもしれないが。

「――死んだ？　っ……おいダール、お前はおそばにいながら殿下を止めなかったのか!?」

ダールに飛び火したので慌てて止めようと口を開いたが、彼の方が黙ってなかった。

「俺は殿下の命令に従うだけですよ。それに彼女だって家と子ども、立場があるんです。滅多なことはしないでしょう」

「お前ッ……！」

拳を握って歯軋《はぎし》りをしたルーカスに、彼はこんなに血気盛んな男だっただろうかと首をひねる。あまりの空気の悪さに耐え切れず、俺はルーカスを追い出すことにした。

「とにかく俺は後にも先にもエリーナしか愛せない。……俺のためを思うのなら、これ以上は言わせないでくれ」

あの件を調査したのはルーカスだ。いずれエリーナが許してくれたなら再調査するつもりだったが、今それを言う必要はないだろう。

エリーナに会いたい、毎日そう思う。彼女に触れたい。ただ抱きしめるだけ——手を繋ぐだけでもいい。彼女がもう一度俺のためだけに笑ってくれたらどれほど幸せだろう。彼女が一秒でも早く公爵を忘れたらいいと願わずにはいられない。

次に会ったらなんと言おう。興味がないというのなら、興味を持ってもらえるようにどんなことでもしてみせる。簡単に折れるような彼女ではないけれど、昔から押しには弱いし、俺は自分でも引くぐらい粘り強い。

本心を悟られたら拒絶されると思って心にもないことをたくさん言ってしまった。だが、もう諦められないほど彼女が好きなのだ。理由も理屈もなく、ただ彼女を愛してやまないのだ。

少しずつでいい。彼女がほんの少しでも俺とのことを考えてくれるようにいつか関係を変えられたら、俺はそれだけで幸せなのだ。たとえそれが自分にとって都合の良い妄想だとしても、そう考えずにはいられなかった。

「今日はまた、ずいぶん気合の入った花束ですのね」

呆れたようなエリーナの眼差しを受けるたびに、心が折れそうになる。けれど、たとえすぐに捨てられるとしても、この場では受け取ってもらえるだけで俺は救われた。

「そういえばわかっているかもしれないが、その花を売ってるのは女じゃない」

つまりは彼女のためだけに買ってきたものだと伝えたかったのだが……多少天然なところがある彼女の反応は斜め上のものだった。

「まぁ……そうだったのですね……」

「だから……その、なんだ、俺はただ」

「どれほど綺麗な方なのかと、実は少し気になっていたのですけれど、まさか男性だったとは。けれど大丈夫ですか？　こんなに頻繁にブーケなんて作っては、その方は誤解なさるのでは？」

「は？」

何を言われているのか一瞬わからなくなったが、意味を理解するなり怒鳴ってしまった。

「俺にそっちの気はないぞ!? 何故そうなる!?」

どうやら彼女は俺が男に恋情を持っていると誤解したようで、可愛らしい顔でぽかんとし、首を振った。

「その方の気を引きたくて買っていると仰《おっしゃ》っていたではありませんか。隠す必要などありません、愛の対象など人それぞれですもの。私は応援いたしますわ」

「待て、待ってくれ！ 俺が好きなのはそなただと言っただろう!?」

「それに関してはお断りさせていただいたはずですが」

彼女はさっきまでの可愛らしい顔を一瞬にして氷のように冷ややかに変えた。

その様子に胸が痛むが決して悟られないようにする。こんなもの、彼女があの冷たい地下で感じた苦しみには到底及ばない。

俺は一体何をやっているのだろう。

大切なものを守れないで、自分の都合で突き放して、失ったら追いかけて、おそらく彼女は心底迷惑に思っているだろう。わかっているのにどうしたって諦めることができなくて。

「……そなたが好きだ。今は言うだけで満足なんだ、だからそれだけは許してくれないか」

「――あなたはそうやって、自分だけはやりたいようになさるのね。……くだらない話はやめましょう、私はあなたに対価を支払いに来ただけですから」

もしも彼女が俺を冷たく拒み続けたら、きっといつか俺は諦めることはできずともこれ以上彼女を苦しめるような真似はしないだろう。

彼女が本当に俺の気持ちを迷惑だと言って拒んだのなら、無理に身体を繋げようとはしない。

彼女はどこか抜けている。自分を好きだと言う男が持ってきた避妊具なんてあてにするべきじゃない。俺が避妊に失敗して彼女を孕《はら》ませたら、優しい彼女は自分のお腹に宿った小さな命を殺そうとはしないかもしれない。そうしたら、もうあとは俺のものだ。

（……そんなことがしたいわけじゃないんだよ）

身体だけでもと願っておいて、心までなんて強欲かもしれない。だが、もしも万が一、もう一度彼女が俺に、ほんの少しでも心を許しても良いと思ってくれる日がきたら。

「あの日、やめるべきだったんです」

うとうとしていた俺が必死に意識を保っていると、彼女がそんなことを言った。

いつも情事の後は早々に帰ってしまうから、せめて少しの時間でも共に過ごせたらと思っていた。こんな言葉を聞くなら眠ってしまった方が良かった。

「――私からあなたへの最後のお願いです。どうかもう私のことを放っておいてくれませんか。あなたといると辛いんです」

あぁ、言われてしまった。

とうとう決定的な言葉を。こんな関係になってからは初めての彼女のお願いを。それも紫の瞳に涙をいっぱいに溢れさせて。俺は拳を握りしめた。みっともなく縋《すが》らずにはいられなかったのだ。

「ならそなたが俺を好きになったらいいだろう！　昔のようにではなくとも、俺がそなたを想う何万分の一でも、憐みでも良い!!　俺が言っているのはそんなに難しいことか!?　偽りでも良いから俺を好きだと言ってくれたら、俺はもうそなたに無理な要求はしないし、組み敷くことだってしない!!」

ただ隣で、嘘でも良いから俺を好きだと言って笑ってくれるだけで、俺はそれだけで。

「――そんなことになんの意味があるというのですか？　あなたにはわからないでしょう、私がどんな気持ちでセオルド様と結婚生活を送っていたのか。何度あなたの冷たい眼差しを夢に見て目が覚めたか。……全てを忘れて偽りでもあなたに笑いかけられるなら、どれほど楽だったか」

やがて彼女は来た時と全く同じ出で立ちで俺に頭を下げた。

「帰ります」

待ってくれと言いたかったが、喉が張り付いたように声は出なかった。伸ばした手は彼女に届くことなく宙を掴《つか》む。

自分で選んだ結果なのに、俺はまたそうして見失うのだ。

どうしようもない彼女への想いを消すこともできないまま。

＊　＊　＊

もう私のことを放っておいてくれと言った日から、エドワードに呼び出されることは一度もなかった。良いことのはずなのに、何故だかどうしようもなく息苦しい。

彼は呼び出さないのではなく、呼び出す暇もないくらい公務が忙しいのではなんて考えてしまう己の心がわからなかった。

実際、あの夜から少しして王都の川の水質を王太子が調査し、整備するという話題が耳に届いていた。その工事のために身分を問わず日払いで働き手を募集したおかげで、橋の下の住人がずいぶん減ったことも。王太子の案で近いうちに法が整備されて無力な子どもたちが路頭に迷わずに済むようになるのだとか。

いずれ名君と呼ばれるだろう道を、エドワードは着々と進んでいた。

そんなある日、エリーナのもとを訪ねてきたのは、過去に画家としても来たことのあるダールだった。

「もたもたしてると後悔しますよ、特にアンタら二人の場合は」

「開口一番にご挨拶ね、ダール。ここまで会いに来るなんてよほどのことがあったのかしら。……それとも殿下から何か？」

「いや、殿下は俺がここに来たことは知らないんで。もし今後会うことがあるのなら黙っててくれるとありがたいんですけど」

「そうなの？　ならどうして」

「ルーカス殿が留学から帰ってきたんです。また殿下の側近に戻るらしいんですよ。まぁ、殿下もそれがあって抜け出せないんですけどね」

ルーカスという名前に私は思わず身を固まらせた。それもそのはず、私がこの世で最も嫌いな男なのだから。

折り合いが悪いどころの話ではなかった。エドワードと恋人であった頃、散々私に暴言を吐いて見下し、ありもしないことを彼の侍従に言い触らし、挙句あるはずのない証拠を挙げて私が彼に毒を盛ったと糾弾《きゅうだん》したのだ。

エリーナがコルサエール公爵に嫁いで間もなく、風の噂で留学したと聞いたが、まさか帰ってきたとは。

「――あら、そう。この国に帰ってきたのね」

なんとか震えそうな声を抑えようと思ったけれど、うまくいかなかった。

そんな私の様子を見たからか、ダールは少しだけ視線を下ろしてこちらを見ないようにしてくれた。

「アンタには良い思い出なんて何もない方でしょうしね。一応耳に入れておこうと思ったんすよ。殿下がアンタと目を合わせるだけでうるさいし」

「わざわざ伝えに来てくれたんでしょう。ありがとう、確かに何も知らずに鉢合わせたらきっと冷静ではいられなかったわ」

「……こんなんですけど、俺も後悔はしてるんで」

「えっ？」

「身分を言い訳にして、あの男の暴挙を見て見ぬふりしたこと。……少なくともアンタの無実をわかってる人間はそれなりにいましたよ」

その言葉にただ驚いた。

誰も自分を信じてくれないと嘆いた矢先、セオルドが現れて掬《すく》い上げてくれた。ずっと、自分を信じてくれるのはセオルドだけだと思っていた。だからこそ彼が亡くなってからは誰も信じられないと思っていたのに。

「――そう」

その言葉だけで十分だった。ダールの言うことが嘘ではないということは、愛妾となった後の彼の行動を見ていたらわかる。こんなに身近に、私を信じてくれた人が他にもいたのだ。

「ありがとう……」

涙を堪えて笑った私に、ダールは照れ臭さを誤魔化すようにいつも通りにへらりと笑った。

「幸せだって笑ったアンタに、嫌なことを伝えに来たのに、本当にお人好しっていうか」

「殿下の命令でしょう？　あなた個人に怒りを向けたことなんて片手で数えるほどしかないわ」

「あるんすか」

「たまにね。……けれど本当にありがとう」

ルーカスの目があるのに、ここまで来るのは彼にとっても危険ではないのだろうか。

実際今の宮廷の情勢を握っているのはルーカスがいつか継ぐだろうエデュケート公爵家だ。それゆえに誰もあの男に逆らおうとはしない。

「まぁルーカス殿は妹君を殿下の妻にと考えてるみたいですから、しばらくは殿下と会うことはないと思いますけど」

「……そう」

「いいんですか？　殿下が他の女と結婚して」

もちろん良いに決まっている。

そう、ほんの少し前までの私ならば言えただろう。けれど今はとてもその結婚を祝福できる気はしなかった。

本当は私自身もわかっている。わかっていて気付かないふりをしている。

「──私はね、あの時に嫌と言うほど腐った城の中を見たの。あんなところに住みたいと思うほど馬鹿じゃないのよ」

「……まぁ、そうっすよね」

「そうよ。だから」

だから好きにすればいいのよ、私には関係のないことだから。

彼も私に会わずにいればいつか間違いだったと気付くだろうから。

そう言おうとエリーナが口を開いたと同時に客間の扉が開いた。

「お母様！　ここに――あっ、お客様……」

勢いよく扉を開けてからすぐにバツの悪そうな顔をした息子にダールがぱっと視線を向けた。

そうして一瞬息を呑んで、少しの間を置いてから彼はようやく言葉を発した。

「これはまた、俺の知る限り、どこかの誰かにそっくりなご子息ですね」

彼の言うどこかの誰かがセオルドでないことは私だって理解している。しかし誤魔化せるようなうまい言葉は出ず、頭の中は真っ白のままだった。

そんな私を見ないまま、ふらりと立ち上がったダールはフィルに歩み寄った。

「はじめまして、坊っちゃん。俺は王族護衛騎士のダール・エッセンと申します」

「王族護衛騎士っ!?」

王族にするように跪《ひざまず》いて礼をしたのに気付くことなく、フィルはぱあっとその目を輝かせた。

「えぇ。坊っちゃんのお父上もそうでしたね、俺もよく城でお見かけしましたよ」

「ほんとっ!?　お父様と仲が良かったの？」

「ええ、もちろん」

ダールがにこりと笑いながらとんだ嘘をつくので顔が引きつった。そんな私にかまわず彼は続ける。

「城にはお父様の部下や同僚——お友達がたくさんいらっしゃいますよ。みんな坊っちゃんに会いたがってます」

「お父様のお友達⁉　僕も会ってみたい！」

興奮したような息子の声にぞくりと背筋が凍った。

「ダール、ふざけないで。フィルを城に連れていくことはないわ」

「……この子を見たら殿下がどう思われるか」

「そんなの知りたくもないわ」

「エリーナ様‼」

怒鳴ってこちらを睨みつける彼は、もう王族に仕える者としての顔つきをしていた。

うまい言い訳など思い付くはずもなく、私はただひたすら彼を睨み返した。

「ご落胤《らくいん》といえど、王族の血を引く子どもを国に隠していたとなれば、それこそただでは済みませんよ」

「——ならこの子があの男に殺されたらあなたは責任を取れると言うの？」

「この子さえいればあなたは正妻になれます、なれずともこの子とあなたの身分は保証……」

「どの口が言うの」

誰よりも王城の腐ったところを間近で見ているだろうダールがよく言えたものだ。

いっそ感心すらする。

「この子はセオルド様の子どもよ。公爵家の後継として身分は十分保証されているわ」

「公爵になるには城に出仕することになります、その時にわかって問題になれば」

「人目につくことをしなければいいわ。セオルド様が良い例だったでしょう？」

「殿下が自分で気付いたらそれこそただじゃすまないっすよ!!」

「ならあなたが気付かせないようにして」

「はぁ!?　そんな無茶振り聞けるわけッ……！」

首を振ったダールの手を握って懇願する。これだけは譲れなかった。

ただ穏やかにこの子と過ごしたいだけなのに、どうしてこうもうまくいかないのだろう。

「ねぇお願いよ、ダール。あの場所はもう嫌なの。私からあなたへの最初で最後のお願いよ」

どうかこの子があんな場所で私のように怖い思いをせずに済むように。

同時に、いつも気を張らなければならなかったエドワードのような生活を送らずに済むように。

結局私がエドワードを憎んでも憎みきれなかったのは、彼が王太子として多くの葛藤や恐怖を抱えて生きていたことを間近で見て知っていたからだ。

消え入るような声で頼み続けた。

少し考えさせてくださいとだけ言ったダールは、顔面蒼白のまま帰っていった。

第三章　あるべきものを、あるべき場所に

朝からずいぶんと呆けた様子のダールに、昼を過ぎてさすがの俺も黙っていることはできなかった。

「おいダール、お前どこか変だぞ。何かあったか、それとも体調でも悪いのか？」

またルーカスに嫌味なことでも言われたのかと眉を下げたが、どうやらそういうわけではないようだ。

何も言う気はないらしいので、いっそのこと放っておくかとペンを投げ出して窓の外を見る。最近は良く晴れているせいか、余計なことを考えて気分が鬱々《うつうつ》とすることが少ない。

「……エリーナに会いたいな」

そういえば昔、こんな晴れた日に二人であてもなく城下町を散歩したことがあった。気ままなデートにまたいつか誘っても良い日がくるだろうか。しかし次に呼び出そうものなら話を聞いていなかったのかと顔を顰《しか》められそうだなと肩をすくめた時、ダール

がぴくりと反応した。

「殿下、まだ夫人との結婚、諦めてなかったんですか」

「はぁ？　当たり前だろう、俺はエリーナと一緒になれるなら他の何を捨てたって良い」

軽く言うようで俺は本気だった。本気で、エリーナのためならば王位継承権を捨てたって良いとすら思っていた。

「花より良い贈り物はないか？　エリーナに何か欲しいものがあれば早いんだが」

「また難題を……。ていうか、夫人に他に一緒になりたい相手がいたらどうするんです？」

ダールの言葉で目の前が真っ暗になる。

ああ駄目だ、想像しただけで相手の男を殺したくなる。しかしながらこの男は、何故そんなことを言うのか。

「……まさかいるのか？　そんな相手が」

「いや、知りませんけど」

「何か知ってるのなら答えろ。でないとお前の子種をここで絶やすぞ」

「怖いっすよ!!」

とっさに股を両手で隠したダールは相手を隠しているわけではないようだ。それなら紛らわしいことを言わなければ良いと舌打ちをすると、存外その音は大きく響いた。

「まぁいい。エリーナの周りにいる蝿どもは全て駆逐しろ、わかったな?」

「はぁ、善処はしますけど……。そういえば王妃様のところの侍女が差し入れだとか言って他国の献上物の菓子を持ってきていましたけど」

「はっ、まだ懲りないか。捨てておけ」

現王妃は俺の生母である前王妃が亡くなった後、若くして輿入れした後妻だ。一応は俺の母という立場にあるあの女を本気で母親だと思ったことは一度もない。

というのも、王妃はその座に就いて一か月も経たぬうちに俺の食事に毒を仕込んでくれたのだ。毒見役のおかげで口にすることはなかったが、それからもたびたび刺客を送り込んできたり、俺の公務を邪魔しようと臣下を使って裏から手を回したり、とにかく失脚させるべくさまざまな手を使ってきた。

王妃の魂胆は見えている。父王は歳を理由にしてまともに王妃と寝所を共にしようとしないから、輿入れしてもう五年が経とうとしているが、一向に懐妊の気配はない。そのせいもあるのか、俺がいなくなれば父王もその気になり、自分が国の跡継ぎを産めると思っているのだろう。

俺も浅はかな思考の女だと馬鹿にしているのを隠さないので、嫌われている自覚もあった。

どうせ百人いる敵が百一人に増えただけだ。気にすることはない。決して王妃を信用することはないし、王妃から渡されたものを口にするなどあり得ない。それは王妃でなくとも、信頼のおけない全ての人間に対してそうだった。

「了解っす。じゃあ俺はもう行きますね、この書類出しに行かないといけないんで」

面倒くさそうにしながらも、さっきよりは幾分かましな様子だ。一体なんだったんだかと心底呆れながら俺はペンを持ち直した。

この仕事が一段落したら、エリーナの顔を見るくらいは許されるだろうか。彼女はなかなか公爵邸から出ないので、訪ねでもしない限り会うことは難しいだろう。

どうにかして偶然会う方法はないだろうかと思案していると、入室の許可を求める侍従の声がした。そしてその来客の名前を聞いて俺は大きくため息を吐《つ》く。

「――殿下っ！」

扉が開くなり甘えるような声で満面に笑みを浮かべる女は、他でもないルーカスの妹のシャロンだ。

「あら、御公務の途中だったの？　それなら気晴らしに私と街へ出かけませんこと？最近流行りの、店でしか食べられないっていう氷菓子を食べに」

「……シャロン、あまりここへは来ないように言ったはずだが」

「あら、どうして?」

「何度も言っているだろう。未婚の女が、婚約者でもない男の部屋へ頻繁に来るものではない」

「なら、婚約してしまえばいいじゃない」

名案とばかりに微笑む彼女は一般的に見れば可愛らしいのだろうが、俺にとっては妹のような感覚であって、決して女として見たことはない。

昔はこの守りたくなる感情が恋情だと錯覚したこともあったが、エリーナと出会ってそうではないことを知った。

俺の恋情はもっと汚くて、ドロドロとした、底なし沼のように救いようのない感情だったのだ。

エリーナと出会ってからずっと、自分はこんなに汚い人間だったのかと驚くことばかりだ。彼女と出会った頃はそうではなかったはずだ。交際していた頃もまだマシだった。

しかし自分で突き放した後、彼女が他の男と幸せになったと知ってからは地獄だった。

他の男と結婚して、他の男の子どもを産んで、他の男の妻として振る舞い、その男が死んでもなお愛していると言う。

俺がコルサエール公爵亡き後彼女を抱き始めても、一度たりとて彼女と視線が交わることはないし愛を囁《ささや》き合うこともなかった。

どうしたら彼女はもう一度振り向いてくれるだろう。正妃はもちろん、側室すら断られた。できることならば、彼女を自分しか訪れない場所に閉じ込めてしまいたい。泣き叫ぶのなら口を塞いで、暴れるのなら手足を切って、俺だけを見て、俺だけを愛してほしい。

けれどそれが、はたして俺の欲しいものかと言われたらそれは違う。

そんな汚い感情は彼女が一瞬微笑んでくれるだけで消えるのに。

「――殿下？」

無言で考えていた俺を訝《いぶか》しむようにシャロンが首を傾げた。

「どうなさったの？　急に黙り込んでしまって」

「……すまない、少し考え事だ。なんの話だったか」

「ですから、私と殿下の婚約の話ですわ」

「それならするつもりはないと、この前も話しただろう？　俺が妻にしたいと思うのは、今までもこれからも一人だけだ、何度も言わせるな」

そう言い切るとシャロンの表情は何か言いたげに曇った。

少し強く言い過ぎたかもしれないと訂正するため顔を上げた時だ。

「まだ彼女のことを想っていらっしゃるの？　あんな女、お兄様に追い出されて正解だったのよ」

「……今なんと言った？　ルーカスが追い出したってどういう意味だ？」

例の件について俺は全てを不問にした上で口外を禁じた。

何よりあのルーカスがシャロンにそんなことを話すとは思えず、一体どこでそんな話を聞いたのかと、エドワードはぎゅっと拳を握りしめた。

「あら、そのままの意味ですわ。お兄様があの女は殿下に相応《ふさわ》しくないと判断したの」

「……相応《ふさわ》しくない？」

あの時、ルーカスも同じようなことを言っていた。あの女は殿下に相応《ふさわ》しくないだとかなんだとか。

「そんなことを誰に聞いたんだ」

「もちろんお兄様からですわ。お兄様ったら、いくらあの女を追い出したかったからって、殿下のティーカップに軽いとはいえ、毒を塗ったなんて言うから驚きましたわ！」

朗らかに笑う幼馴染のその声が、まるで鈍器のように俺の頭を強く殴った。

「――何をなさっているんです？」

公爵家の裏口に馬車を停めてどれほど経ったか、小窓を叩いたのはエリーナだった。

彼女が穏やかに過ごすことを願っているのはわかっていたのに来てしまって、けれど来たことを告げることもできず、ただここにいた。

扉を開けて視線を交わらせる。さっさと帰れと言われるかも知れないなと覚悟していたが、俺の顔を見た彼女は困ったような顔で尋ねてきた。

「何かあったのですか？」

「……どうしてそう思う？」

「だってあなた、……泣きそうな顔をしているわ」

そんなはずはない。昔から表情を造るのは得意であったし、悟られるなと教え込まれた。たとえ側近に裏切られても、食事に毒が入っていても、義母に殺されかけた時でさえ笑えたのだ。今度は幼馴染に謀《はかりごと》をされたくらいで、何も。

「……すまなかった」

口から漏れたのは謝罪で、けれどその場しのぎなどではなかった。

「殿下……？」

死ぬことは怖い。信じた人に裏切られることも怖い。

もしも彼女の口からそうだと言われたらと考えただけで怖くて、これ以上傷付きたくないのだと突き放した。こんな俺を愛してくれた君を信じようとしなかった。

謝罪の言葉が何になると言うのだろう。俺が彼女を苦しめてありもしない事実で罵《ののし》ったことは決して許されることではない。

「エリーナ」

「――はい？」

すまなかった。俺が全て悪かったんだ。君が悪くないことを、本当はもっと早くわかっていたはずなのに、気付かないふりをしていた。

言葉はたくさん浮かぶのに口から出たのはただ一言だけ。

「君を愛してる」

たとえ二度と君の心が戻ってこないとしても、俺は受け入れよう。

ただ俺は自分勝手な人間だから待ってほしいのだ。

「……私はあなたの幸せを願っています。けれどその幸せに私が入ることはありません、あなたが私にした仕打ちを、忘れられるとお思いですか？　あなたにいまさら何ができると仰《おっしゃ》るのですか」

本当にその通りだと思った。何もできないくせに、何も持っていないくせに、臣下や側近の言うままにしか動けず己可愛さに保身にばかり走るような俺が何を示せるだろう。

「――都合よく気持ちを受け入れてほしいとはもう思わない。ただせめて最後に、君に誠意を見せたいんだ。これも自己満足だが、それでも見届けてほしい。それが終わったら一度だけ話をさせてくれないか。それを最後にするから」

それでも駄目ならもう諦めようと思った。

けれど彼女は静かに頷《うなず》いてくれて、俺はようやく自分のすべきことを見つけた。

頭の中に重石でも投げ込まれたような気分だったが、沈んでいる暇はない。

「ダール。お前は全てとは言わずとも知っていたはずだ。今からお前は俺だけの臣下となれ、そして俺以外の誰に命じられようとも決して聞くな。わかったか」

「――何をするおつもりですか？」

「……もう彼女に許せなどとは言わない」

言えるはずがない。どんなに厚かましくともそれだけは口にできない。

「ただ、あの日の俺の過ちを許せずとも、彼女が恐れているものを少しでも取り除けるように」

「そううまくいかないと思いますよ。なんていったって相手が相手ですから」

「わかっている。だからお前に手伝ってほしい」

「……そうですね。……後悔していたのは、殿下だけではありませんから」

含みを持たせた苦笑をするところを見ると、ダールにも心当たりがあったのだろう。

今になって気付いた俺はつくづく愚鈍であった。

「あんまり派手にやると嫌われますよ」

「もうとうに嫌われている。——まずは全てを洗いざらい調査して、相応の罰を与えなくてはな」

「はぁ、考えただけで激務っすね。まぁそんな殿下の手足になってしまう俺も大概だ」

それより、と彼は少し声を抑えて尋ねた。

「相手は公爵家の長男、しかも殿下の長年の側近です。たかが子爵家の令嬢を貶《おとし》めたくらいでは大した罪にはなりませんよ」

貴族社会のこの国でそんなことをしてもせいぜい謹慎処分程度だろう。貴族が平民の孤児を攫《さら》って奴隷商人に売ったとしても罰金で済むのだ。

「——は、何を言っている？」

あの馬鹿な幼馴染は長年の情があれば発覚したとしても俺が許すと思ったのだろうか。

あいにくそんなに甘い人間ではない。

「王太子である俺に毒を盛ったんだ。それが命に別状はないほどの微量だったとしても、毒であることに変わりはない。王家への反逆や謀反は重罪だ」

「それ一つならいくらでも言い逃れができるのでは」

「ならもう一つ足してやる。王太子である俺を欺《あざむ》き、あろうことか罪なき者の血でこの俺の手を汚そうとした罪だ」

心の底から信頼していた。物心ついた時からそばにいた大切な幼馴染で親友だった。誰に裏切られたってルーカスがいれば、そう思っていたんだ。

けれどお前が俺を切り捨てたのなら俺もお前を切り捨てるほかない。

「ダール・エッセン、全権をお前に委《ゆだ》ねる。捜査方法は問わない。例の件についてまずはシャロンの証言のあったルーカス・エデュケートを捕らえろ」

「——承知しました」

ダールが部屋を出ていって間もなく、兵士たちが召集されているのを窓の外に見て俺は静かに目を閉じた。

俺が地下牢に足を踏み入れるのは、あの日以来初めてだった。相変わらず陽の光は届かず、かび臭い。この場所に無実の恋人を閉じ込めたことを思い出しただけで、気分が悪くなる。

「ッ殿下!!」

牢の中で拘束された親友だった男が鉄格子に掴《つか》みかかる。

「これはどういうことですか!?　反逆罪などと……身に覚えがありません！」

よく回る口だなといっそ感心する。裏付けが取れてから、ルーカスの言葉のどれもが芝居臭く思えてならなかった。

「お前はあの時、エリーナの命を奪えと言ったな。それを踏みとどまったことだけが、唯一の救いだ」

「殿下、なんのことか」

「なぁルーカス、全てわかっているんだ。これ以上失望させるなよ」

精一杯の侮蔑《ぶべつ》の目はどうやらよく効いたようで、顔が真っ白になった後に膝からくずおれた。力を失ったように蹲《うずくま》った彼はブツブツと何かを呟《つぶや》いている。彼が変わったのか、元からこんな男だったことに俺が気付かなかったのかはわからない。なんにせよもう無駄だなと背を向けた時、ルーカスの声が地下に響き渡った。

「殿下！　私はあなたのためにこの手を汚したというのに、それを反逆罪だと仰《おっしゃ》るのですか!?」

「――俺を欺《あざむ》き、ありもしない罪で当時の恋人を罰させることが俺のためだと？　お前を信じていた俺を、裏切ったことが？」

「あの女は本当にろくでもないのですよ！　私を誘惑したことだってあるのですから！」

「……なに？」

どういうことだとつい反応してしまった俺にルーカスはここだとばかりに声を高めた。

「私以外にもあの女にたぶらかされた者は大勢います！　現に釈放されるなり、あの女は公爵のもとへ身を寄せたではありませんか！　清純そうな顔をして殿下との縁が切れる前から公爵と繋がっていたのです!!　殿下はまたあの女に騙されるおつもりですか!?」

「……俺がいながら公爵と関係を持っていた、か。まぁ、あり得ない話ではないかもな」

ため息を吐《つ》いて頷《うなず》いた俺に、ギョッとしたような顔でダールが声を上げた。

「殿下、そんなことがあるわけ……」

「もしかするとの話だろう？　それにそうだったとしても別問題だ。お前が捕えられた理由は事情がなんであれ、王太子であるこの俺に毒を盛ったという事実だ。俺はこの件に関して二度も不問に付す気はない。覚悟していろ」

言いたいことはたくさんあったはずなのに、いざルーカスの姿を前にするとその少ししか言えないのだから、本当に俺は臆病者だと思う。

しかしながら一刻も早くここを出て、しなければならないことがある。

「ダール。エリーナ……コルサエール夫人に使者を送って連れてきてくれ。この件に関して聞きたいことがある」

できる限り冷静を装ったが、実際には心臓ははち切れそうなほどうるさかった。


突然の呼び出しにもかかわらず、すぐに来てくれたエリーナは応接間に入るなり、心配そうな顔でこちらを見た。

「どうかなさったのですか？　殿下がこのように私を呼ばれることなど……」

彼女の言わんとすることはわかっていたので、ひとまず用件を先に伝えるべく頷《うなず》く。

「今朝ルーカスの身柄を拘束し、投獄した。証言があったからあとは裏付けを取るだけだ、九年も前のことだから、少し時間がかかるが」

その言葉でなんのことか理解しただろう彼女が、神妙な面持ちで答える。

「私は例の件を再び問題にすることを望んでいたわけでは」

「わかっている。これは俺なりのけじめと区切りだ」

そうですか、と曖昧に頷《うなず》いた彼女に、さてなんと切り出すべきか頭を悩ませた。

浮気していたのかと尋ねるわけにはいかないし、もしはいと頷《うなず》かれたらそれこそ困ってしまう。

「……それで、そなたに聞きたいことがあって呼んだのだが」

「はい、なんでしょう？」

「その、なんというか、ルーカスがそなたに誘惑されたとか、あの件が起こる前から公爵と繋がっていたとか」

「はい？」

怪訝《けげん》そうに眉を寄せた彼女は首を横に振った。

「私があの方を誘惑？　いつそんなことを？」

「いや、俺もわからないが、そう言っていたので一応聞いておこうと」

「あなたが誰より良くご存じでしょう、あの頃の私はあなたしか見えていませんでした し、他の殿方を誘惑するような器量もありませんでした。セオルド様と出会ったのは地下牢でのことですし、いうなれば殿下やあの方が、私とセオルド様を引き会わせてくれたようなものですから」

その言葉に嬉しさと同時につっかえるような苦しさが胸を覆う。

二人が出会ったのは、エリーナが公爵の妻となりその子どもを産んだのは、全て俺が招いたこと。改めて彼女の口から聞くと自分の身勝手さに嫌悪も湧いたし、同時にやはり彼女に戻ってきてほしいと強く思った。

「それに私とセオルド様は、……」

「……なんだ?」

言いかけた言葉を途中で切った彼女に続きを促したが、いいえ、と首を振る。

「なんでもありません。いまさら私を信じるかどうかはあなた次第だと思いますが……」

「信じるに決まっている。もう間違えない」

まっすぐに彼女の目を見て答える。それが自己満足でも、二度と彼女とのことで取り返しのつかない後悔をしたくなかった。

「急に呼び出してすまなかった。送りたいところだが、そなたは嫌がるだろう? 気を付けて帰ってくれ」

「……お気遣い感謝いたします」

他人行儀に頭を下げた彼女にまた勝手に口が動いた。

迷惑だと思われることはわかりきっていたけれど、それでも何度言っても足りなかった。

「エリーナ、愛してる」

いつもならそうですかと顔を背けて去ってしまう彼女だが、何故か今日はぴたりと動きを止めてこちらを見た。

そこにはいつもの冷たい眼差しはなくて、仕方なさそうに笑って細めた柔らかい瞳があった。

「もう知っています。……失礼します」

部屋を出ていった彼女の香水の匂いがまだ宙に残っている。これは夢だろうか？　軽くあしらわれたのかもしれないが、それでも俺にとっては飛び上がりたいくらい嬉しいものだった。

＊＊＊

ルーカスが投獄されたことをエドワードから聞いた時、何より感じたのは安堵だった。

あの男が戻ってきたとダールから聞いた日から、あまり良い夢を見ないことが多かったせいだろうか。

それにしても、と先程のエドワードの言葉が引っかかる。

私があの男を誘惑したなんて一体どういうことだろうか。大体初対面からあの男のことは好きではなかった。品定めするように私を見る視線に鳥肌が立ったことを今でもありありと思い出せる。

顔だけを見れば良い男なのかもしれないけれど、エドワードのことしか考えていなかった私には関係のない話だったし、大体会うたびに身の程知らずだとか色目を使っているだとか罵倒《ばとう》してくる彼は身の毛がよだつほど嫌いだった。

「――嫌ね、本当……」

そんな記憶を思い出してしまうのは、あの頃に何度も恋人に会うため、足繁く通ったこの道を歩いているせいだろうか。一刻も早くこの城から出てあの温かい家に帰りたい。

そんなことを考えて足を速めた時だった。

「お待ちください」

突然目の前に現れ行き手を阻んだ騎士の男に驚く。

「エリーナ・コルサエール公爵夫人でいらっしゃいますか?」

「え、ええ、そうですが……」

「お呼び止めし、申し訳ございません。さる御方が夫人にお会いしたいと仰《おっしゃ》っておられます。共にお越しいただけますか?」

この後予定が入っていたわけではないし、フィルはメイドたちが見てくれているから問題はないだろう。

「ええ、それは良いのですが……さる御方とは……？」

このように呼び出される心当たりはなかった。私が尋ねると、騎士の男はホッとした表情でこちらを見た。

「国王陛下でございます。王太子殿下に呼ばれ、城にいらっしゃるとお知りになって、ぜひお会いしたいと」

あぁ今すぐにでも帰りたい。

エドワードの父でもある国王の姿を拝見したのはたったの三度だけだ。二度は父に連れられて赴いた王城での夜会で、一度はエドワードと恋人同士だった頃に城の廊下で鉢合わせた時のこと。息子であるエドワードに一瞥《いちべつ》もくれずに通り過ぎていった国王のまとう空気はとても冷ややかだった。しかしエドワードはいつものことだと笑っていたから、とてもやるせない気持ちになったことを覚えていた。

「お召しにより参上いたしました、国王陛下」

エリーナが連れてこられたのは中庭にある小さなテラスで、そこに座っていた国王はいつもの貫禄を感じさせない、どこにでもいる普通の人のようだった。

「あぁ。急に呼び出してすまなかったな、こうして会うのは初めてか。掛けなさい」

向かいの席に促されて腰を落としたが、心臓の音が目の前の国王にも聞こえているのではないかというくらい大きく鳴っていた。

たかが子爵家の出である私が、国王陛下ともあろう御方と向かい合って座る日がくるなど想像もしていなかったので緊張で手が震えてしまい、とても侍女が私の前に置いてくれた紅茶のカップに手を伸ばす余裕はなかった。

「そう畏《かしこ》まらなくとも良い。エリーナ・サブランカ……いや、今はコルサエール夫人か。息子と結婚するのかとばかり思っていたが、どうやらあやつは振られたらしい。確かにセオルドの方が良い男だったろうからな」

私の旧姓を口にした国王が何を考えているのか、到底理解できなかった。

しかしこう言うからには、エドワードとの関係を知っていて、そして黙認していたのだろうか。

「……私と殿下はご縁がなかったのでしょう」

かろうじてそう返すと国王はそうかね、とおかしそうに笑った。

「私は子爵家の出ですから、殿下とはとても釣り合いません」

「ふむ、王太子妃にはなれずとも、コルサエール公爵の正妻にはなれると？　それもまた面白い話だ」

特に気を悪くした様子もなく、微笑んでいる国王になんと言うべきか迷ってしまう。

「いやなに、問い質《ただ》したいわけではない。ただ聞きたいことがあってな、そなたを呼んだのだ」

「聞きたいことでございますか」

「あぁ。セオルドが亡くなった時に、公爵位の保持についてエドワードが手を回したそうだな。一体それを引き換えにエドワードが何をしたのか気になったものでな。アレは打算的な性格だし、いくら好いた相手だからと無条件で頼みを聞くとは思えなくてな。聞けば郊外に屋敷を用意させたと言うではないか……」

喉の奥が気持ち悪くなるくらい動揺した。

まさか自分の身体と引き換えにだなどと言えるわけがない。顔を強張らせたまま黙っていると、国王は変わらず笑う。

「そんなに怖い顔をしないでくれ。そうだな、私としては臣下もうるさいことだし、早くエドワードに結婚してほしいのだよ。無理に決めて反抗でもされたら面倒だから放置しているが、もう所帯を持って跡継ぎを作ってくれるのなら、この際誰でも良い。しかし最近になって『想い人が気持ちを受け入れてくれたらすぐにでも』と言い出してな」

その想い人というのが、自分であると知っていたが、そんなことを殿下が他言してい

ると は知らなかった。

「私が知りたいのはそなたにエドワードの気持ちを受け入れるつもりがかけらでもあるのか、それだけなんだがね」

「――おそれながらお尋ねいたします。それは国王陛下としてのお言葉でしょうか。それとも殿下のお父上としてのお言葉でしょうか？」

「私は父である前に国王として王太子に接してきた。いまさら父親としての顔を持つ気はない」

つまり国王として、臣下と民を案じての言葉だということだ。

それならば、私の答えも決まっていた。

「私は殿下の気持ちにお応えするつもりはございません。あの方がけじめをおつけになるのを見届けたら、離れるつもりです」

もう認めるしかなかった。私はまた性懲りもなくエドワードに惹かれ始めている。愛していると言われるたびに軽くあしらうこともできなくなっていた。

彼は王太子という立場にあるのにとても弱くて可哀想な人だと思う。支えてあげたいと思ってしまう。けれど私にはもう守るべきものがあるのだ。

私にとってフィルは何よりの宝物だ。あの子のためならばこの命だって簡単に捨てられるほど愛している。産むと決意したと同時に、素性を隠し通す覚悟をした。日に日にエドワードに似てくるフィルに、たくさんの制限をして公爵家を継がせることが正しいのか、いまだに私はわからなかった。もう相談できる唯一の相手はこの世にはいないのだ。

あるべきものを、あるべき場所に。

それはセオルドが最期に遺した言葉で、その意味をエリーナはずっと考え続けている。もちろん答えはいまだに出ない。

「けじめ、か。今朝エデュケートの倅《せがれ》が捕らえられたことは聞いているが……それに関することか？」

「……ご存じなのですね」

「大まかには聞いたが、詳しいことはこの後エドワードを呼び出して問い質《ただ》す予定だ。私はそなたが地下牢に入れられたことはおろか、後に釈放されたことも聞いていない。王太子の恋人であるはずのそなたがセオルドと結婚したと聞いた時には驚いたが……セオルドは何故私に事情を話してくれなかったのか」

「……セオルド様は……」

きっと私のことを慮《おもんぱか》ってくれたのだろう。

私はただでさえ突然の妊娠の発覚で気が動転していたし、これ以上エドワードたちと関わりたくも顔を見たくもないと言ったから。

「まぁ良い、思うところがあったのだろう。死人に問うたところで仕方がないからな」

国王がため息を吐《つ》いた時、私のことを引き止めたあの騎士の男が声をかけてきた。

「陛下、もう会議のお時間が迫っております」

「なに？　もうそんな時間か。すまないな夫人、行かねばならないようだ」

「いえ……」

席を立った国王に慌てて私も腰を上げる。来たばかりの時のように足は震えていなかった。

「夫人。あれは……エドワードは、昔から少し残念なところがあるが、それでも成長はしている。けじめとやらがつくまでは、結論を出すのは待ってやってくれぬか」

「陛下、それは……」

「もちろん無理強いをするわけではない、そなたが決めると良い。ただエドワードは私の息子というだけで苦しい思いもしただろう。だからせめて、共に生きていく相手くらいは自分の望んだ人をと思ってしまってな」

エドワードは何もかもに恵まれたように見える人だった。生まれた時から王になることが決まっていて、人が簡単にできないことを颯爽とやってのける。その裏にある死ぬほどの努力を知った時、私はそんな彼に求められたことがとても嬉しかった。

憎しみは歳を重ねるごとに薄れた。惨めさはフィルの存在で失せてなくなった。あんなに可愛い息子の存在を知らないなんて可哀想な人、とまで思ったほどだ。

「陛下。私には誰にも言えなかった秘密があります。それは口にすれば、亡き夫との約束を反故《ほご》にしかねないものです。私はそれがある限り殿下のもとへ行くことも、かといって離れることもできません」

「その秘密というのは……」

「陛下、お時間がもう」

横から口を出した騎士の声に国王は眉を寄せたが頷《うなず》いた。

「そうだな。では夫人、その秘密というのを話す気になったら私のもとへ来るが良い。いつでも取り次ぐように言っておこう」

「……承知いたしました」

去っていく国王の後ろ姿に、再度頭を下げた。私はすっかり疲れてしまい、緊張が急に解けたせいか目の前がぐらりと揺れた。その時、横から腕が伸びてきた。

「――大丈夫ですか？」

「……ダール？」

自分の身体を支えたその男に驚く。一体いつからそばにいたのだろう。

「国王陛下と向かい合って茶を飲んでる奇妙な光景を見た気がするんですが、気のせいですかね」

「あいにく気のせいではないようね」

そう返したものの、私にとっても今の時間はまるで夢のようだった。

「今日は殿下がお呼びしたはずなんですけど」

「帰ろうとした時に呼び止められたのよ。私も驚いたわ」

「何をお話しに？」

「……大したことは何も。もう帰るわ、遅くなってしまったから、フィルが心配してるかも」

「送ります」

ダールの言葉にほっと息を吐く。

知っている人間がいるだけで、こうも安心するものだとは思わなかった。

「ルーカス殿を捕らえたことはご存じでしょうが……あの件について殿下が調査を俺に一任されたことはご存じで？」

「それは……知らなかったわ」

ただでさえ忙しいこの男がまた多忙になるのではと心配したが、どうやらそんなことを言いたいわけではないようだった。

「そうですか。ルーカス殿の罪は殿下に毒を盛ったということなんですがね、それがどう調べても微量で、とても命に関わるものではないんですよ。殿下はそれで裁くと仰《おっしゃ》っていますが、おそらくこの件はさっきの様子を見る限り、もう国王陛下の耳にも届いているでしょうし、エデュケート公爵家のこれまでのことを考えると情状酌量がつく気がしてならない」

「そういうものなの？」

「何しろ殿下に幼い頃から仕えている方ですからね。最悪、謹慎処分か……」

「けれどそんなこと」

「もちろんそうなったとしても殿下はそばには置かないでしょうが、ルーカス殿はまたあなたに怒りの矛先《ほこさき》を向ける気がするんですよ。コルサエール公爵ももういませんし、そうなった時にあなたを守れる人がいないでしょう」

確かにあり得ないとは言い切れなかった。ルーカスの何を考えているのかわからない茶色の瞳を思い出してゾッとする。

「それじゃあどうするの？」

ダールもそれを良しとするわけではないからこうして私に話してくれるのだろう。

「……あなたの許可が欲しいんです」

「私の許可？　なんの……」

「もし万が一、そうなった時にです。あの時あなたが殿下の……王族の血を引く御子を、それも王子となる子どもを身籠っていたとわかれば、後の王族を殺そうとしたとして断罪できます」

それは他でもないフィルのことだ。

頭の血がさぁっと引いていくのを感じたが、だからといって駄目だという言葉が出てくることもなかった。

確かにそれは確実に決定的な切り札となるだろう。しかし許可をすればフィルの実の父親がエドワードであることを公表することになる。

「もちろん最悪の場合です。決めるのは坊っちゃんの母親であり、あの時の一番の被害者であるあなただ」

きっと私がここで首を横に振れば彼が口外することはないだろう。

そう思うくらいには私はダールを信用していた。

「ダール、それは」

「けれど俺は思います。あるべきものをあるべき場所に戻すべきです。それがあんなに殿下に似た坊っちゃんと、坊っちゃんを産み育てたあなたの運命じゃありませんか」

彼のその言葉は、セオルドと同じものだった。

ずっと探していた答えが、まるでパズルのピースがはまるようにすとんと腑に落ちた。

「もちろんあなたの意思を一番に尊重するつもりですよ、俺は。けれどもし許可を頂けるのなら必ずやり遂げます。俺はもうあの時みたいに無力ではありませんし、何があろうとこの命を懸けて守ると誓います」

ダールの言葉におそらく嘘はなくて、けれど私にはもったいない言葉だった。

「私はあなたが命を懸けるほどの人間じゃないわ」

「他でもない、この国の王太子殿下がただ一つ望んだのがあなたです。他に理由が要りますか？」

「ダール」

「それに、俺はもう身分のせいなんかで後悔したくないんですよ」

「……私は……」

私はこの命に未練などない。むしろセオルド様が亡くなったあの日から、フィルがいたからかろうじて生きてこれたのだ。

「……許可するわ。けれど約束して、私のことは守らなくても良いから、フィルは絶対に守って。私にはなんの力もないから」

「――承知」

どうかあの子が幸せに生きられますように。私のせいでいばらの道を進ませたくない。願うのはそれだけなのだ。


ルーカスが捕らえられたあの日から気が付けば数週間が経った頃、メイドの慌ただしい声で私は顔を上げた。

「奥様!!」

最近は平和に過ごしていた私だけれど、昨夜遅くに『誓いは守ります』と一言だけ書かれた手紙が匿名で届いていた。おそらくダールからだろうとわかっていたので、メイドの動揺する声と正反対に私の心は落ち着いていた。

「王太子殿下が奥様にお会いしたいと……」

「……わかったわ。応接間にお通しして、用意して行くから。フィルを部屋から出さないようにしてちょうだい」

　読んでいた本をパタリと閉じて静かに窓の外に視線をやる。こんなに落ち着いていられるのはやっと覚悟を決められたからだろうと思った。

「会ったらまず何を話そうか考えていた。謝罪をするべきか、何故黙っていたんだと怒るべきか、そなたにそうさせた俺はどうすれば償《つぐな》えるのか、いくら考えてもわからない」

　向かいに座ったエドワードの目は酷く腫《は》れていて、けれどもまっすぐにこちらを見つめていた。

「何かを望んだわけではありません。……ダールから聞いたのでしょう？」

　そう尋ねた私に彼は言いづらそうにためらった後、頷《うなず》いた。

「正直まだ信じられないんだ、その……そなたが産み育てたのが俺の子だったとは。もちろん嬉しくないわけではない、ただあまりに突然のことでなんと言い表せばいいのか」

　慎重に言葉を選ぼうとしてくれる彼を見て変わったなと思う。いや、元からこういう人だった。交際していた時は、いつも私を傷付けないように丁寧な言葉を選んでくれる人だった。

「わかっています、殿下が戸惑われるのは当然ですから」

　ある日突然、あの時に産んだ子どもは実はあなたの子どもなんです、と言われてもそう簡単には信じられないだろう。もしも私が彼の立場だったらタチの悪い冗談はよせと笑うかもしれない。

「殿下に何も知らせなかった私にも非がありますもの」

「エリーナ」

「あなたが気に病むことはありません、私が勝手に……」

「そんな風に言わないでくれ」

首を振ったエドワードは迷いない視線をこちらに向けて再び口を開いた。

「うまく言葉にできなくてすまない。嬉しいんだ、もちろんあんな状況で一人にさせた挙句いまさら何をと思うかもしれないが、本当に嬉しい」

そんなことを言われるだなんて思ってもいなかった。もしもフィルの存在がこの人にバレたら、勝手なことをと詰《なじ》られるかもしれないと考えていたのが嘘のようだ。

「ダールから聞いたのは昨日のことなんだ。大した罪ではないと開き直っていたルーカスの前で突然そんなことを言うものだから、何も知らされていなかった俺も動揺してどういうことだと問い質《ただ》そうとしたんだが」

「……何かあったのですか？」

「いや……息子のことを聞いたルーカスが激しく取り乱したものだから、それどころではなくなってしまって」

「そう、ですか……」

激しく取り乱したと言うからにはただごとではなかったのだろうとわかるが、私の知るあの男からはとても想像できない。

「そのルーカスだが、罪状は王太子殺害未遂に子爵令嬢といずれ生まれる王族への殺人未遂、それから虚偽の報告で国の秩序を乱し、王族を欺《あざむ》いた罪。まだまだ細かく上げるとキリがないが、大まかにはこんなものか」

「それで、エデュケート公子はどのように……？」

「父上の耳に入ったこともあって公爵家は取り潰しだ。ルーカスは死刑……と言いたいところだが、今までの公爵家の功績を鑑みるべきだと他の貴族が黙っていなくてな。せめて命くらいはという声があったせいで、エデュケート公爵家の者は平民に降格の後、子孫末代まで永久に国外追放だ。今朝陛下から宣旨《せんじ》がくだされた」

「ではもう、お会いすることはないのですね」

「……そなたは聞きたくもないかもしれないが」

どこか言いづらそうにエドワードが口を開いた。

なんだろうと続きを促すと、彼はとんでもないことを言った。

「ルーカスが、あんなにエリーナを目の敵にしていた理由がどうも気になって問い質《ただ》したんだ。もちろんそなたのことは信頼しているが、あの誘惑だのなんだと言っていたのが気になって」

「それは私も気にかかっていました、一体どういうことなのか」

「あいつが言うには、そなたと初めて会ったのは舞踏会の夜だと言うんだ。それも俺に紹介されるよりも前らしい」

「……そんなはずがありませんわ。だって私は殿下に紹介されて、初めて顔を合わせたんですもの」

それに私は、あまり積極的に人と関わる性格ではなくて、異性から声をかけられても軽く流していた。

「会場から少し離れたところで足から血を流していたそなたに声をかけたらしいんだが。ハンカチも渡したとか言っていたな」

「……えっ？」

そう言われて思い出した。

あれは確かエドワードに贈ってもらった靴を履いて舞踏会に赴いた時。

足の痛みを我慢していたら、ついに立っていられなくなるほど酷くなって血が止まらなくなったのだ。会場を出て廊下の途中にある椅子に座りどうしたものかと困っていた私に、見知らぬ男が水で濡らしたハンカチを渡してきたことがある。それが誰だか気にするだけの余裕はなかったものの、ただ好意に礼を言ったことは記憶の端の方に残っていた。

「た、確かにそんなことはありましたけれど、別に誘惑なんて」

「あぁわかっている、ただの八つ当たりだ。その時にそなたに一目惚れしたのに、俺に紹介された時には忘れていたのが気に入らなかった。要は逆恨みだ」

エドワードの言葉にぽかんと口を開けてしまった。

逆恨みって、そんなことのためだけに、私はあんな冤罪をかけられて辛い思いをしたのだろうか。今までも勝手に好意を寄せられることがなかったわけではないけれど、なんとも迷惑な話だった。

「――本当にすまなかった。エリーナを苦しめたのは、全て俺の責任だ。気付いて過ちを認めるまでこんなにかかってしまって、本当に悪かった」

「殿下」

「図々しい願いだとわかっている。今すぐにというわけではない、許してほしいとも思わない。ただ、息子に会わせてくれないか」

生まれてきたばかりのフィルをこの腕に抱いた時、やがてフィルが目を開いてその青い瞳でこちらを見た時、私は言い知れぬ感情に襲われた。

「フィルを……あの子を産むと決めた時、私がどんな気持ちだったかあなたにわかりますか？」

「っ……わかっている、もちろんそのことは」

「あなたのことをとても憎みました。でも、あの子をこの腕に抱いた時に思ったんです。あの子に会えたのは、冤罪で地下に入る前、あなたに愛された時間があったからこそだと」

あの子は賢いから私が隠し通したところでいずれは全てに気付くだろう。それなら私はあの子のためにできることをしたいと思う。

「あの子の父親になってくださいますか？　あの子があなたのように、目に見えない敵に怯えて暮らさなくとも済むよう、私と共にあの子の成長を見守ってくださいますか？」

石を綺麗に退けてやることだけが子どものためにできることではないと、いつか亡き夫が言っていた。けれどこの石だけはエドワードが積み上げたものだ。

強く頷《うなず》いた彼に、ようやくあの頃の私が報われた気がした。

断章　全ては胸のうちに

建国当時から貢献し、永らく繁栄してきたエデュケート公爵家の娘、シャロン・エデュケート。それが私だ。

私は現当主であるお父様の実子ではないし、普段兄と呼び慕っているルーカスの妹でもない。

何十年も前に平民と恋に落ち、駆け落ちした私の祖母が先代の公爵の妹だった。やがて祖母は私の母を産み、母もまた幼馴染の平民と結婚して生まれたのが私だ。

私がエデュエート家の血を引く者だと証明するのは、祖母から母へ、母から私へと受け継がれた公爵家の紋章が刻まれた懐中時計のみ。それが初めて役に立ったのは、私が八歳になった頃だった。

その年は酷い飢饉《ききん》と流行病で、私の生まれ育った辺境の村でも被害はずいぶんなものだった。両親は呆気なく命を落とし、年老いた祖母もやがて逝《い》ってしまった。

どの家も余裕などなく、他に身寄りもない私はただ死を待つのみだった。村から少し離れて街に出ればそれはもっと酷くて、そこかしこの道に孤児となった子どもが集まり、埋葬もできないまま増えていく死体が積み重なって酷い臭いを放っていた。

風呂には入れない、そもそも水がない。食べ物だって王都から派遣された兵士たちがたまに憐れんで恵んでくれたパンのくずばかりだ。

私がもう少し大きければ良からぬことを考える大人の慰み者になっていたのかもしれない。

腐っていく両親と祖母の身体に蝿が集《たか》るのを見ながら、私もきっとこのまま死ぬのだろうと思っていた。

そんなある日、その人は私の目の前に現れた。

「坊っちゃん、この臭いは……馬車へお戻りください！」

家の扉を叩かれても意識がぼうっとして動けなかった私は、扉を蹴破って入ってきた男たちを黙って見つめた。

その時の私はおそらく三日間水すら飲んでいなかった。動くだけの気力も体力も失っていた。ギョッとした顔をした後に、こちらへ歩いてきた自分より少しばかり歳上の少年があんまり美しくて、ただ見惚れていた。

少年は私の前に膝をつき、その手が汚れることも厭《いと》わずに私に触れた。

「生きてる、よな……？　っ、すぐに医者を連れてこい！　この子を助けろ！」

「は、はいっ……！」

慌てて出ていく男たちを視線だけで見送った。私の身体を軽々と持ち上げたその少年――

ルーカスは優しく微笑んだ。

「シャロンだね？　僕の名前はルーカス、君の……」

少し考えるようにした彼は家の中をぐるりと見回してから再び私に視線を戻した。

「君の家族だ」

優しいその声の主が、その日から私の全てになった。

医者に診てもらい、それなりに身体が回復した頃、私は馬車で遠く離れた王都にある公爵邸へと連れていかれた。そこで待っていたのは今まで生きてきて一度も感じたことのない侮蔑《ぶべつ》の視線だ。公爵令嬢ともあろう祖母が、家の顔に泥を塗り外で作った子どもの、また子ども。

「あの、お水を……」

カラカラに喉が渇いたのでそう声をかけると、メイドたちは心底嫌そうな顔をした。

「あらお嬢様、すみませんが私どもは忙しいので他の誰かに言ってもらえます？　――はぁ、平民の子どもに仕えるなんて私も落ちたものね」

彼女たちがこんな風に言うのは今に始まったことではない。くすくすと声が聞こえるたびに縮こまっていた私は、どうして自分はこんなところにいるのだろうとぼんやり考えていた。

綺麗な服を着せられて、綺麗な風呂に入れられて、豪華な食事にありつけて。なのに息苦しくてたまらなかった。

「――お前にそれほど忙しい業務が？」

「っ、ルーカス様⁉　どうしてこちらに……！」

メイドたちを一瞬で怯えさせたのは先日自分を迎えに来てくれた少年だった。

「彼女は我が家の人間だ。お前は自分の仕えるべき相手がわからないようだな」

「で、ですが私たちは平民の子どもなどに仕えるために、こちらへ来たのではありません……！」

彼女たちはほとんどが子爵家や男爵家の令嬢で、花嫁修行も兼ねての奉仕だった。平民の子どもの面倒を見ることは屈辱以外の何物でもなかったのだろう。

「……なるほど、わかった。あくまでお前はシャロンをこの家の者として認めないと言うのだな」

「たとえ公爵家の血が混じっていようと、今まで平民として生きてきた卑《いや》しさは……」

「わかったもういい、不愉快だからその口を閉じろ。お前は荷物をまとめて出ていけ。二度とこの家の敷居を跨ぐことは許さない」

彼女は泣き喚《わめ》きながら謝罪をしたけれど、ルーカスは相手にせず、私と目線を合わせるために屈《かが》んだ。

「おいでシャロン、僕と遊ぼう」

当たり前のように私の手を握ってくれた彼の体温があまりにも温かくて涙が出た。

「あなたは、私が嫌いじゃないの？」

「どうして嫌いになる必要が？　君はこれから僕の妹になるんだ、嬉しくてたまらないよ。そう、妹――これからは僕のことをお兄様って呼ぶんだ。そしたらずっと一緒だよ、シャロン」

一人にはしない、その言葉が私にとってどれほど救いであったか。両親を亡くし家族を失い一人になった私がどれほど嬉しかったか。

私の歪《いびつ》で醜い恋はこの日——否、あの日私のために彼が手を伸ばしてくれた日に始まったのかもしれない。

それから程なくしてエデュケート公爵家の養子となった私は必死だった。

お兄様と呼びかけた時のルーカスの嬉しそうな顔を失望に変えないように、必死に貴族としての立ち居振る舞いを身につけた。

「これはお祖父様が生前離さず身につけていたものなんだ」

ある日ルーカスが部屋に持ってきたのは私の持っている懐中時計と全く同じものだった。

「シャロンのお祖母様が家を出る時、お祖父様は唯一味方だった。何かあればこれを持って帰ってこいと言って渡したんだ、ほらここに紋章が刻まれているだろう？」

「……お祖母様は帰ってきたの？」

「いいや、一度も。けれどシャロンのお母様のクレア様と、シャロンが生まれた時に手紙がきたと」

「そうだったの……」

祖母はいつも朗らかに笑う人で、けれど仕草に村の人たちとは違う気品の滲《にじ》み出る美しい人だった。

「僕もお祖父様から頂いたこの時計を持っておくから、シャロンもちゃんと持っておくんだよ」

「まるでお祖父様とお祖母様みたいね」

「あぁ。約束する、シャロンに何かあっても、必ず僕が守るって」

彼が私にくれたものは家族愛以外の何物でもなかったけれど、私はそれで良かった。ただそばにいられるだけで満足だった。

他に何も要らないと思えるほど、私にはルーカスが全てだった。

ルーカスの様子がおかしくなり始めたのは、ある夜会から帰宅した日からだった。

何があったのかはわからないけれど、その日から彼の幼馴染でありこの国の王太子殿下の話をすっかりしなくなった。

どうかしたのかしらと心配していた私に、執事のレイオンは「喧嘩でもしたのでしょう、放っておきなさい。すぐに元に戻ります」と言った。そういうものかと触れずにいたら、確かにそのうちまた殿下の話をするようになった。

けれど今までと違ってその話は決して良いものではなく、殿下の恋人だとかいう子爵令嬢を貶《けな》すばかりだった。

「きっとお兄様はその女がお嫌いなのね」

ルーカスがあんなに誰かを嫌うなんて、珍しいこともあるものだと言うと、レイオンは鼻で笑った。

「好きな女を貶《けな》すことしかできないようでは、坊っちゃんはまだまだですね」

呆れたようなその物言いに私はついティーカップを落としてしまった。

「好きな女？　どういうこと？」

「どう考えてもあれは恋煩《こいわずら》いでしょう。まぁ殿下の恋人なら、叶いそうにはありませんが」

レイオンがなんてことない顔で新しいカップに茶を注いで目の前に置くと、私はたまらなくなって怒鳴った。

「お兄様がその女に恋なんてしてるはずないじゃない！　子爵家の令嬢よ!?　現に毎日罵《ののし》っていらっしゃるわ！　お嫌いなのよ！」

「お嬢様は本当に坊っちゃんがお好きですね」

その言葉に一瞬どきりとしたけれどバレているはずがないと目を背けた。

「……当たり前でしょう？　お兄様がいれば私は他に何も要らないの、お兄様が全てなのよ」

だからどうかずっと一緒に過ごしていたい。それ以上は何も望まない。この恋が叶ってほしいとも気付いてほしいとも思わない。

そんな私の願いをルーカスが打ち砕いたのは、それから間もなくのことだった。

「シャロン、お前こそが殿下に相応《ふさわ》しい。あんな女よりもな」

思わずフォークを取り落としてしまった。夕食の席で珍しく例の彼女の話をしないと思ったら突然そんなことを言い出したので動揺してしまったのだ。

そばにいたレイオンが新しいフォークを持ってきてくれたが、彼もまた怪訝《けげん》そうに眉を顰《ひそ》めていたから聞き間違いではないようだ。

「お兄様、何を仰《おっしゃ》っているの……？」

「殿下の相手にはお前が相応《ふさわ》しいと言ったんだ。お前もどこぞの阿呆に嫁ぐより、王太子妃になった方が幸せだろう？　それにお前も殿下をお慕いしているじゃないか」

そんなことを言った覚えはない。あなたの妹として殿下に可愛がられている自覚はあったし、私も殿下を兄のように慕ってはいるけれど、決して恋情などではない。

しかしルーカスの目は頷《うなず》けとばかりにこちらを突き刺していて、それに気付いてしまったから、私は――

「……そうね……」

ただ頷《うなず》くことしかできなかった。

その夜、ぼうっと意識を飛ばしていた私を心配するようにレイオンが声をかけてきた。

「お嬢様、気分が優れないのでしたらもうお休みに」

「……私はなんともないわ」

ドレッサーの鏡越しにレイオンの物言いたげな顔を見て、ああやはり彼の言った通り、ルーカスのあれは恋だったなとため息を吐《つ》く。そして私はそれを叶えるための道具として使われたのだ。

「……明日殿下のもとへ行くわ、ドレスを出しておいて」

そう言った私に彼が眉を顰《ひそ》めた。

「あなたはそれでいいのですか？　坊っちゃんの言いなりになって……殿下のことなどなんとも思っておられないでしょう」

「仕方がないじゃない、お兄様がそう望んでおられるのなら、私はそうするしかないのよ」

私は平気だ。それがルーカスのためになるのなら、自分の心を削ったってかまわない。今まで受けてきたたくさんの恩に報いることができるのなら、それだけで満足だ。

子爵家の令嬢を相応《ふさわ》しくないと言うのに、平民の血の混ざった私が相応《ふさわ》しいと言う。本当におかしな話だなと笑ったはずなのに、鏡の中の私の顔は酷く歪《ゆが》んでいた。

翌日、朝から支度《したく》をしていた私に、ルーカスは満足そうな顔をした。

「シャロン、殿下のもとへ行くんだろう？　城まで送ろう」

「……ええ、お兄様」

レイオンは何か言いたげにしていたけれど、結局何も言わずに見送ってくれた。

揺れる馬車の中で私は向かいに座るルーカスに呼びかける。

「ねぇお兄様、私は殿下の隣に相応《ふさわ》しいかしら」

「――あぁ、そうに決まってる」

頷《うなず》いたルーカスは、決してこちらを見なかった。

エデュケート公爵家との縁談の話を王太子は直接断ってきた。俺は隣に置く人を自分で決めたいと言った彼に、私はある意味安心した。

はっきりと口にはしなかったけれど彼女との未来を考えているようだったし、それならばいつかルーカスも諦めると思っていたのだ。

そうして少しの時を経た頃、事件は起こった。

その夜は酷い嵐で、大粒の雨が激しく窓を叩いていた。

鳴りやまない風の音を聞きながら部屋で本を読んでいた私は部屋の扉が開く音に顔を上げた。

「――お兄様？　どうなさったの？」

普段はノックをしてから返事を待つルーカスが、勝手に部屋に入ってきたのは記憶にある限りこれが初めてのことだった。

ルーカスの身体はびしょ濡れで、今も床に滴《したた》り落ちて水溜まりを作っていた。

「こんな雨の中、お出かけになっていたの!?　風邪を引くわ、早く着替えを……」

「シャロン、王太子妃になるのはお前だ。あの女じゃない！」

高揚したようにそう言って私の身体を抱きしめたルーカスに、心臓がうるさいほど鳴った。恥ずかしさや嬉しさや、いろんな感情が湧いてきたけれど、私の服にまで染み込んできた冷たい水のせいで瞬時に頭は冷えた。

こんな雨の中帰ってきた彼が、風呂にも入らず勝手に私の部屋に入った挙句、言った言葉がそれ。

どうしてだか引っかかってしまった。

「お兄様、何かあったの？」

「あの女を投獄したんだ、今頃地下牢で凍えてる！」

「……え……？」

「やっと殿下も目を覚まされたんだ！　あの女も、自分のいるべき場所は殿下の隣じゃなかったんだと思い知っているだろうな！」

「……お兄様、待って、どういうことなの？」

聞きたくないと思ったけれど聞かずにはいられなかった。

聞いてしまったら後悔するとわかっていても問わずにはいられなかったのだ。

「殿下に少しだが毒を盛ったんだ、あの女が犯人だとでっち上げてやった！」

泣きそうな顔で笑ったルーカスに頭の芯まで冷たくなるのがわかった。

殿下に毒を盛ったなんて、どうしてそんなことを。そうまでしてあなたは殿下と彼女を引き離したかったの？　そんなにも、彼女が好きだったの？

うまく言葉が出なかったが、今度は血の気が引いた。中途半端に開いた扉の向こうにレイオンが言葉を失って立っているのを見つけてしまったからだ。

一体いつから聞いていたのか――もしかすると全て聞いたのかもしれない。

「……ねぇお兄様、風邪を引いてしまうわ。先にお風呂に入って着替えていらして」

「あぁ、そうだな……」

促すようにルーカスを部屋の外へ追い出す。彼の姿が見えなくなってから、レイオンは再び私の部屋の前に現れた。

「聞いていたの？」

「……不可抗力です」

「……明日殿下のもとへ行くわ」

「その時にお嬢様の口からお話しになるべきです」

「──冗談でしょう!?　そんなことできるはずっ……！」

「あなたがそうやって坊っちゃんを甘やかしたから、こんなことを仕出かしたのですよ!!」

レイオンの感情的な声を聞いたのは初めてで、私はびくりと身体を跳ねさせてしまった。

「仕方ないでしょう……？」

だってお兄様に嫌われるのが怖かったのよ。お兄様の望み通りにしてさしあげたかっただけ。まさかこんなことになるなんて思わなかったの。

「ここしばらく来ていなかったな」

目の下に濃い隈《くま》を作った殿下は侍女に自分の紅茶を淹《い》れさせなかった。

「……殿下の恋人との時間を邪魔してはいけないと自重しておりましたから」

「はは、なんだ、ルーカスは本当に口が堅いな。聞いていないか？　あの女が俺に毒を盛りやがった、何が目的かは知らんが」

「……お身体は大丈夫なのですか？」

「今はな。……ルーカスの言う通りだった、あの女をそばに置くべきではないと言われた時に、捨てるべきだったんだ」

——は？

俺は隣に置く人を自分で決めたいと言ったのは誰？

「本当にその方がやったのですか？」

それが私に言える最大の言葉だった。まさかルーカスがやったなんて口が裂けても言えなかった。

けれど、ルーカスの一方的な想いのせいで冤罪をかけられる彼女をどうにかして助けたかった。

「あぁ。他でもないルーカスがちゃんと調べてくれた、十分だろう」

もう何も言葉が出なかった。

どうしてこうも馬鹿な男ばかりなのだろう？　どうしてこの人は自分の大切な人を信じる努力もしないで、こんなところに呑気に腰掛けているのだろう。

「……ではその件を公表して罰をお与えに？」

「――いや」

見たこともないような意地悪な顔で殿下が笑った。

「実家からはもう勘当されたようだからな、無一文で外に放り出してやる」

「そう……」

雨はもうやんだ。雨水は地面に染み込んで、きっと今頃冷たい風が地下に充満しているだろう。

送ると言った殿下の申し出を断り、城の門の近くに待たせていた家の馬車の方へ歩みを進めた。

「お嬢様、大丈夫ですか？」

伴としてついてきてくれたレイオンに、やはり言えなかったと口にするのが憚《はばか》られて視線を背けた時だ。

「あぁ、やっぱり。エデュケート公爵家の」

「……コルサエール公爵様?」

視線が交わったのはセオルド・コルサエール公爵――社交界どころか宮廷にも滅多に出てこない男だった。

柔和な笑みを浮かべて話しかけてきた彼と直接話したのはほんの数回ではあるが、覚えてくれていたらしい。

「お久しぶりでございます。このような場所で公爵様にお会いできるとは」

「はは、仕事で呼ばれたので王都に。本当は領地に引きこもっていたいんですがね」

なんでも彼はずいぶん前に妻を亡くしてからたった一人で領地にこもり、城に出仕することも少ないのだと聞いていた。

「まだしばらく王都にいることになりそうです、近いうちにエデュケート公爵に挨拶ができるといいのですが」

では、と去っていってしまった彼は、貴族の中でも変人だと言われるほどのお人好しで無欲な男だった。なんでも曲がったことが大嫌いで過去には国王に楯突《たてつ》いたことまであるそうだ。

「――お嬢様? 大丈夫ですか?」

馬車に乗り込んでからもぼうっとしていた私がよほど心配だったのか、家に着いてからもやたらと世話を焼いてくるレイオンに私は静かに言った。

「ねぇレイオン、お願いがあるの」

「なんでしょうか？」

「お父様とお兄様のどちらでも良いから、エデュケートの名前を使って今回のことがコルサエール公爵の目につくように仕向けられないかしら」

「……坊っちゃんのために、お嬢様がそんな危ない橋を渡られる必要がありますか？」

「他にどうしろと言うの？　彼女に何かあればどうせあのお二人は傷付くのよ。勝手な人たちなんだから」

「お嬢様はそれで良いのですか」

良いわけがない。どうして私まで片棒を担ぐようなことをしなければならないのだと、最愛のルーカスに怒りだって湧いている。

けれど何より今は、私を娘として可愛がってくださっているお父様までも地に堕《お》とすわけにはいかないのだ。

そんな私の考えが甘いとでも言うように、その日の夕方、お父様の怒号が屋敷に響いた。

「この馬鹿者がッ‼」

一時は武官としての功績も立てたお父様に殴られ、ルーカスはその身体ごと壁に飛んでいった。

「何をなさるのお父様！　お兄様、大丈夫⁉」

慌てて駆け寄ろうとした私の腕をレイオンが掴《つか》んで引き止めた。

「何をするの！　離しなさい！」

「いけません、お嬢様は部屋へ戻りましょう」

そうしている間にもお父様の握り拳はルーカスに振り落とされている。

「お父様‼」

「……シャロン、お前は部屋に戻りなさい」

そう言ったお父様の瞳は冷え切っていて、あぁ、もう全て知っているのだと悟った。

「お前の兄は大罪を犯した。それを知りながら私に黙っていたお前も同罪だ。レイオン、部屋へ連れていけ」

お父様の言葉通り、引きずるようにして自分の部屋に連れていかれた私は遠くで聞こえるその怒声に身体を震わせていたが、驚いた様子のないレイオンをギッと睨んだ。

「あなたがお父様に言ったの⁉」

「ええ、そうです」

隠すことも臆《おく》することもなく認めた彼に、私は頭の中が真っ白になった。

「どうしてそんなことを！」

「坊っちゃんのなさったことの重大さがわからないほど、お嬢様も馬鹿ではないでしょう。この家に仕える者として旦那様に報告する義務を果たしたまでです」

はたして厳格な父がルーカスをどこまで許すだろう。いや、許さないかもしれない。

「――私とあなたが黙っていれば良かったのよ！　殿下も彼女を殺すつもりはないと仰《おっしゃ》ったわ、それに……!!」

「お嬢様は本当にそうお望みですか」

「当たり前でしょう!?　だって私は……！」

ルーカスが必要としてくれたことが嬉しくて、たとえそれがどんなことだとしても受け入れなければならなくて。

「坊っちゃんの都合のいい駒になって、好きでもない男に嫁ぐことが本当にあなたの望むことなのかって聞いてるんですよ！」

苛立ったようにレイオンがテーブルを殴った。

普段無表情なのに、どうしてこういう時ばかり感情を露わにするのだろう。

「俺が何故旦那様に言い付けたか本当にわかりませんか？　――あなたがこれ以上、坊っちゃんへの気持ちを良いように使われるのが許せなかったんですよ」

彼の言葉に呆然とした。だって、どうしてあなたが。私は決して顔には出さないようにしていた。こんな醜いルーカスへの恋情を、決して誰にも悟られないように。

「何年お嬢様にお仕えしたと思ってるんです？　俺は好きな相手が苦しんでいることに気付かないほど愚鈍ではありません。……旦那様の様子を見てまいります、もう今夜はお休みください」

そう言い残して部屋を出ていった彼の言葉の意味を、好きな相手というのが自分であることを、理解するまで少し時間を要したのは仕方のないことだった。


ルーカスが留学という名目でこの国から引き離されると知ったのは、翌日の昼を過ぎてからのことだった。荒療治だが、それが最善だろうと考え、ルーカスの出国日を前に静かに部屋で過ごしていた。

「――シャロン。すまなかった」

父もいる夕食の席でそう言ったルーカスに驚きはしたものの、憔悴《しょうすい》しきったその姿を見ていると何も言えず、私は微笑むことしかできなかった。

「明日発たれるのでしょう。どうかお気を付けて」

「あぁ、……ありがとう」

「無理をなさらないでくださいね。お手紙をお書きしますから、お兄様も書いてください」

「ありがとう」

そうしてルーカスは旅立ち、公爵邸は奇妙なほどの静けさに包まれた。

このまま他国で日々を過ごし、彼女のことを忘れてくれたらいいと、本当にそう思っていた。もしも向こうの国で気の合う女性を見つけたのならそこで幸せになってもいいと。


しかし事態が急変したのはルーカスが出立した三か月後、例の彼女がなんとコルサエール公爵と結婚したのだ。

「どういうことなの」

戸惑いを隠せなかったのは私だけではなく、事情を調べるために遣わせたレイオンもやはり困っていた。

「元々表に出られる方ではありませんから、詳しいことは何もわかりませんでしたが……その、坊っちゃんからこれが」

差し出された封筒の束にはどれもルーカスの筆跡で書かれた私の名前。乱雑に封をされたそれになんだか嫌な予感がしながらも開けて頭を押さえた。

どうやら殿下から彼女が結婚したことを手紙で聞いたらしいルーカスは、毎日のように手紙を送っているようだ。要約すると『今どうなっているんだ、絶対にあの女を許さない』といった目も当てられないものばかり。

あの馬鹿王太子、と唇を噛んだ私を案じるように、レイオンが手紙の束を退けてくれた。

それで終わればまだしも、段々と減っていた手紙はその一年後に彼女がコルサエール公爵との間に男児をもうけた後から再燃した。

「レイオン」

「はい、お嬢様」

「これからはお兄様からの手紙を持ってこないで。どこか箱の中にでも入れておいてちょうだい……」

せめてお父様の耳に入れないことだけが最大の優しさだとため息を吐《つ》いた。どうせ手紙なんてどれも似たり寄ったりの内容で、私にとっては苦痛以外の何物でもない。どうして私はいまだにルーカスを好きでいるのかわからないくらいだ。

「かしこまりました」

「……何があったのかは知らないけれど公爵家の正妻として、子どももいるくらいなのだからコルサエール公爵とは仲良くやっているのでしょう？」

予想とは違う結末ではあったが、殿下とお兄様から酷い目に遭わされた彼女が今は幸せにやっているのならばそれでいいのではないだろうか。うるさい男二人はもうこの際放置で良いと思った。

それから八年も経って、手紙もめっきり減って、お父様がそろそろルーカスを戻しても大丈夫だろうかと考え始めた頃のことだ。

「――え？　今なんて言ったの？」

「ですから、コルサエール公爵が急逝《きゅうせい》なさったと……」

レイオンの言葉に思わず言葉を失った。

「どうしてそんなことに」

「持病が悪化したところに過労が祟《たた》ったようですが、詳しいことは何も……ひとまず旦那様の遣いで俺が公爵家に行くことになっているので、事情がわかればまたお知らせします」

お門違いかもしれないが私はそれでも彼女のことが心配だった。せっかく幸せになれたのにこんなことになって、今度こそ絶望しているかもしれない。表立って手を差し伸べることはできずとも、せめてルーカスが仕出かした分のかけらでも償《つぐな》いをしたいと、そう思った。

コルサエール公爵邸から帰宅したレイオンの様子があまりにもおかしかったことには気付いていたけれど、それよりも早く聞かせてくれと彼に迫った。

「公爵夫人は憔悴《しょうすい》しきった様子でした。ご子息はまだ爵位を継げませんから、おそらくそこにつけ込んだ者たちが絶え間なく公爵家を訪ねている様子で……なんとか気丈に振る舞っておられましたが、その」

「なに？　どうしたの？」

「一つ気になることがありまして。帰りにご子息だろう子どもの姿を見かけたのですが」

もどかしい言い方をせず早く言ってくれと眉を寄せると、彼の口から放たれたのはとんでもない言葉だった。

「どうにも王太子殿下にそっくりで……あまり近くで拝見できなかったのですが、あの青い髪と目は、とてもコルサエール公爵の息子だとは思えません」

どうして誰も疑問に思わなかったのだろう。あんなに殿下を慕っていた彼女がいくら地下牢に囚われていた間にコルサエール公爵と出会って助けられたからって、そのまますぐに結婚する運びになるだろうか。それに冬の真っ只中に生まれた子どものことだってそうだ。日付を辿っていまさら気付く。もし囚われていた間、すでに彼女が妊娠していたのだとしたら――？

全ての疑問が綺麗に解決していくと同時に、私はざあっと血の気が引くのを感じた。

「お嬢様、大丈夫ですか？」

「……なんということを……」

ルーカスは王族の血を引く子どもを身籠った女に濡れ衣を着せたことになる。お父様は一連の出来事を理解していながら沈黙を貫いた。私も同罪だ。

どれだけ辛かっただろう。どんな気持ちでその子を育てたのだろう。私がもっとうまく立ち回っていれば、ルーカスは馬鹿なことをしなかったかもしれないのに。

後悔はいつも取り返しがつかなくなってから迫ってくるのだ。

「全く迷惑な話だ」

ばさりとテーブルの上に投げられたアルバムを眺めながら私は殿下に尋ねた。

「またお見合いの話ですか？」

「あぁ。俺は女など信用せん、結婚もしないと決めている」

「そういうわけにもいきませんでしょう。……では私と結婚いたしますか？」

王太子たる立場の人間が何を言っているのかとおかしくなってしまう。我が家との縁談を断るのは今に始まったことではないけれど、他の令嬢とも会おうとすらしないとは。

「お前が男なら妹と結婚できるか？」

「……妹、ですか」

「ルーカスの妹は俺の妹も同然だ。そうだ、ルーカスは元気か？　長期休暇にも全く帰ってこないようだが。そんなにあっちはいいのか」

「お兄様は……ええ、元気ですわ」

いまだに届いているらしい手紙は一通も目を通していないが、めげずに書いて送れるのなら元気だろう。

「……殿下はもうよろしいんですか？　あの頃はずいぶんと憔悴《しょうすい》しておられましたが……最近は顔色もよろしいのですね」

「はは、そうだったか？」

憶えていないな、そう言った殿下の顔は笑っているのに、目はまっすぐにこちらを睨んでいた。

この人はいつも踏み込んでくるなと静かに牽制する。

「……コルサエール公爵が亡くなったとか。お父様が仕事のせいで葬儀に出られなかったことを悔やんでおりましたが、殿下はお出になられたのですか？」

「あぁ」

まさかの肯定の言葉に思わず顔を上げてしまった。

「そう、なのですね……」

「とはいっても訪ねただけだ。悔やむのは代理人に任せた」

「……そうですか」

葬儀に出ないのなら訪ねる理由などあるのだろうか。薄い笑みを浮かべている殿下に、レイオンが子どもの話をした時と同じような嫌な予感がした。よもやまたも彼女に余計なことを言ったのではないだろうか。

聞かない方がいいとわかっていても聞かずにはいられなかった。

「公爵夫人と何かお話しになったのですか？」

「……息子がまだ小さいだろう？　息子のために公爵位を保留にしてくれるなら、俺の妾《めかけ》になると言ってきたぞ」

硬い笑顔を浮かべた彼に、私は頭を煉瓦《れんが》で殴られた気分になった。

「め、かけ……？」

「妻になるのは嫌だとほざいてな。あんな性分のくせにずいぶんと殊勝なことを言ってきたものだ」

つまりは妻になれと迫ったのか。あんな風に捨てた張本人が、そんなことを一体どんな顔で言えたのだろう。

ろくな面識もないけれど、何もできない自分の無力さがひたすら彼女に申し訳なかったし、あんなに憎んでいたのに妻にしたいと願う殿下の心中が全く理解できなかった。


「殿方はみんなそうなのかしら」

愛する人に歪《ゆが》んだ愛を向けることしかできないのだろうか、と問うた私に、レイオンは嫌そうに顔を顰《しか》めた。

「あんなおかしな人たちと一緒にしないでください。少なくとも俺は違いますよ」

「……そう」

それならばなおさら不可思議だった。どうして彼は私に好意を向けてくれるのか、その理由に全く見当がつかなかったからだ。こんな私に一体なんの価値があるというのだろう。

「ねぇ、レイオン」

「はい、お嬢様」

ふと試してみたくなった。この男が欲しいのは私なのか、それともこの家の——エデュケート公爵家の娘か。

私の髪を櫛《くし》で梳《す》いていたレイオンに向き直ってその顔を見ると、今まで意識したことはなかったが、少なくとも社交界で私に声をかけてきた令息たちよりはよほど顔立ちが整っていた。

「……あなたが望むなら、お父様にお願いして、それなりの娘を用意してあげるわよ」

殿下が彼女にまた無理を押し付けて妾《めかけ》にしたと聞いた時から私はずっと考えていた。もしもそんなくだらない申し出を彼女が受けた理由に、ほんの少しでも例のご子息が絡んでいるのだとすれば、私はどうやったらルーカスの分まで彼女に償《つぐな》えるだろう。

そうして思い至ったことはただ一つ、彼女がいたであろう場所に彼女を戻すことだ。

子どもが殿下の子であれ公爵の子であれ、この先殿下はきっと酷い罵詈雑言《ばりぞうごん》で彼女に迫るのだろう。哀れなほど彼女を愛してやまないくせに、それを認められない馬鹿な男だ。

全てはルーカスと、ルーカスを止められなかった私のせい。それから、そんなルーカスを全面的に信用した殿下のせいでもある。

それなら私がやるべきことは、たとえお兄様を売っても、お父様が罰されても、この命で償《つぐな》わなければならないとしても、彼女にその場所を返すことではないだろうか。

彼女がそれを望んでいなくとも、彼女がそれを撥《は》ね除《の》けようとも、それが彼女と彼女の息子の歩いていくべき運命なのではないだろうか。

だがそうすれば、きっと私もお父様も全てを失う。

そうすればこの男も、私のことなんて。

「……俺があなたを欲しいという願いが、地位や権力に眩《くら》んでのものだと思っておられるなら、それは心外ですね」

「そんな風に言ったつもりはないわ」

「けれど言いたいのはそういうことでしょう」

やってしまったと思ったのはレイオンがこちらに背を向けてからだった。

「レイオン」

「俺がそんなもののためにあなたを好きだと言ったとお考えなのなら、あなたにとって俺はその程度の男だったということでしょうね」

部屋を出ていこうとする彼の腕を思わず掴《つか》む。

「違うわ、気を悪くしたならごめんなさい。ただ私は……」

「もう夜も遅いです。おやすみなさいませ」

決して振り払いはしなかったけれど、手を解かれてしまった。

部屋を出ていく彼の後ろ姿を見送り、私は頭を押さえた。

「なら、私はどうすればいいの」

ルーカスが大切なのに、ルーカスのために知らぬふりをすることもできなかった。

「あなた、何も言ってくれないじゃない……」

レイオンが何を望んでいるのか私にはわからなかった。こんなに近くにいるのに何もわからない。

全て知らなかったら楽だったのに、とどうしても思ってしまう。ルーカスがあんなことをしなければ、私はこんなに考えて悩む必要だってなかったのに。

留学先で相も変わらず彼女のことばかり考えているのだろうルーカスのことが、この時ばかりは憎らしくなった。


「おかえりなさいませ、お嬢様！」

特に親しくもない他の御令嬢とのお茶会へ珍しく赴いたのは、少しでも彼女の噂話を聞けるかと思ったから。だが、あいにくそういった類《たぐい》は何も聞けなかった。

疲れきっているし早く休もうと思っていた私を出迎えたのはお父様の付き人であり、

執事長のハルメンだ。彼が家にいるということは、どうやら今朝所用があると出かけたお父様はもう帰宅しているらしい。

普段滅多に顔を合わせることのないハルメンが、こうして私を出迎えたことになんだか嫌な予感がしながらもいたって普通に答えた。

「えぇ、ただいま」

今すぐにでも部屋に向かって走りたい衝動に駆られたけれど、目の前の彼はお父様の書斎の方を手のひらを向けて示す。

「旦那様がお嬢様に話があるとお待ちでございます」

「……私に？　悪い話かしら？」

「申し訳ありませんが、私から申し上げることは」

首を振る彼の姿を見てますます足が重くなる。ろくな話じゃないことがハルメンの表情から見て取れて、大きく息を吐いてしまった。

仕方なくお父様の書斎へ向かい、その扉をノックすると入るよう返事が聞こえる。

「お父様、ただいま帰りました。私をお呼びだとか……」

「あぁ、帰宅して早々にすまないが話があってな」

「なんの話でしょう？」

いつも表情の硬いお父様が珍しく動揺なさっているようで、私は眉を顰《ひそ》める。

「何かあったのですか？」

「……ルーカスが帰ってくるそうだ。許可など出していないが、もう国を出て今夜には着くと」

「はい……!?」

唐突すぎる知らせに頭がぐらりと揺れた。お父様から許しがあるまで帰らないはずのルーカスがどうして今になってそんな強行に出たのか、考えなくてもわかる。

きっとなんらかの伝手《つて》でコルサエール公爵が亡くなり、彼女が寡婦《かふ》となったことを知ったのだろう。

「どの経路で帰るかわからないから止めることもできん。この家に帰ってから追い出せば使用人たちが怪しむ」

「でしたら……」

「しばらく置くしかないだろう」

お父様のテーブルの上で組まれた手は微《かす》かに震えていた。怒りか焦りか、または別の感情か。

「……お父様。私はお兄様からの手紙になんの返事も書いておりません。けれど今、夫人はまた殿下と関係をお持ちだと聞きました」

「――なに？」

「きっとお兄様が知れば、また陥れようとなさるでしょう。何もご存じない殿下は、お兄様を簡単に懐《ふところ》に入れるでしょうから」

「それはわかっている、だがどうすれば……！」

「お父様はどうなさりたいのですか？」

厳格なお父様が可愛さ一つで息子の罪を見て見ぬふりしたことは、決して消えない罪だ。同時に私も、お父様と同じ罪を背負っている。

けれどもうこれが最後の機会なのではないだろうか。

「……もしお父様がお許しくださるのなら」

「なんだ？」

何か策があるのかと表情を変えたお父様を見つめながら、うるさいほど心臓が鳴る。

こんなにも親不孝で恩知らずな行為があるだろうか。

「お兄様を止めることはできますわ。けれどそうすれば、私たちは今のような暮らしができなくなるかもしれません」

その意味はきっとわかっただろう。由緒正しいこの家系がお父様の代で途絶える。それも跡継ぎの息子の愚行によって。厳格と謳《うた》われた公爵は、子育てを誤ったと嘲笑《あざわら》われるだろうことが容易に想像できる。

「お前、それは」

一気に怒りを露わにしたお父様に、私は問いかける。いくら息子が可愛くとも、いくら私がお兄様を愛しく思っても、物事には限度というものがある。

「お父様はこれ以上、お兄様が人としての道を外れることをお望みですか？」

「シャロン」

「お父様はご存じですか？　夫人のご子息は、殿下にとてもよく似たお姿だそうです」

「――今なんと言った？」

動揺を隠せないお父様に、静かに頭を下げた。

「私はお兄様がお帰りになるまで部屋で休んでおります。もしお父様の心がお決まりになられたら、お呼びください」

部屋を出ていく私に、お父様はとうとう何も言わなかった。

馬車の車輪の音が屋敷へ近付いてくるのを聞いて、私は視線を窓の外へ移した。控えめなノックと共に部屋に入ってきたレイオンがこちらを見る。

「お嬢様、坊っちゃんがお帰りになられました」

「……お出迎えするわ。あなたもついてきて」

「承知いたしました」

玄関へ下りる階段を歩く足取りがこんなに重いのは、ルーカスが出国する際、見送りに行った時以来のことだ。一段一段を慎重に下り、手の震えをレイオンにさえも悟らせないようにまっすぐ前を向く。

最後の一段を下りた頃、タイミングよく玄関の扉が開いた。

「――ただいま」

「「「おかえりなさいませ」」」

メイドたちが一礼する間を通り抜けてルーカスと相対する。

久しぶりに顔を合わせたルーカスは虫の居所が悪そうだった。

「おかえりなさいませ、お兄様」

「シャロン、ただいま。少し見ない間に綺麗になったね」

そう言いながら両手を広げる彼に少し躊躇《ちゅうちょ》したものの、ひとまず以前のように腕の中に飛び込む。

「お兄様はますます格好良くなられましたわ。長旅お疲れでしょう、すぐにお休みに……」

「いや、お前に話したいことがあってね。部屋に行っても？」

「……ええ。けれど、先にお父様にご挨拶に行った方が」

「あぁ、そうだな」

煩《わずら》わしそうに顔を歪《ゆが》めたルーカスが当然のように私の肩を抱いてお父様の執務室へと向かう。

出迎える気などさらさらなかった様子のお父様は黙々と机に向かわれていて、ろくに伺いも立てずに扉を開けたルーカスを睨んだ。

「父上。ついさっき帰宅を……」

「何をしに帰ってきた？　許可もなく勝手に帰ってきてよく私の前に顔を出せたな。シャロンを味方につけたつもりか？」

「……はは、もう十分反省いたしました。それよりもシャロンとしばらく連絡がつかなかったのは、父上の仕業ですか？」

おそらく手紙のことを言っているのだろうがそれは違う、私が意図的に無視したものだ。

なのにお父様はそうだと言って頷《うなず》いた。

「異常な数の手紙がきていると言うから、シャロンに渡さぬように私が命じた」

らな」

「シャロンは部屋に戻りなさい。私はこの馬鹿者と二人で話さねばならんことがあるか
「お父様……」

お父様の言葉が私のためを思ってのことだと理解して申し訳なくなった。部屋を出る時のルーカスの顔がなんだかとても怖くて、私はふいっと目を逸らして言われた通り部屋へ戻った。

それからしばらく経って陽が傾きかけた頃、ハルメンに呼ばれた私は再び父の執務室にいた。もうそこにルーカスの姿はなくホッとする。

「お父様、お呼びでしょうか。……お父様？」

眉間を指で伏せて突っ伏していたお父様がゆっくりと顔をこちらに上げる。その目は真っ赤で、もしかすると泣いたのだろうかと驚いた。

「シャロン。お前に任せる」

「お父様？　なんのことで……」

「黙っていることが、過ちを認めさせ、反省させることが家のため……ルーカスのためになると思っていた」

その言葉でなんのことだかわかって、私は全身の血が沸騰しそうなくらい熱くなった。

「だが無駄だった。反省どころか、過ちとすら思っていない。……必要であれば私のことも家のことも気にせず好きにしなさい。エデュケート家が終わることよりも、あれが多大な権力を手にする方が、私には恐ろしい」

「──承知いたしました、お父様」

もしもルーカスが過去の過ちを悔いていればきっとお父様は沈黙を貫いたのだろう。

けれどそうはならなかった、それは仕方のないことだ。

翌日の朝、ルーカスは私の部屋に来た。

「おはよう、シャロン」

「おはようございますお兄様、こんな朝早くにどうなさったのですか？」

「まだ寝ているかと思ったけれど、ずいぶん早起きなんだね、驚いたよ」

「ええ。この歳になってまでレイオンに起こさせるのは悪いもの」

執事の名前を出すと、例の件をお父様に言い付けたことをまだ根に持っていたようで、ルーカスはさっと目を曇らせた。

「もう年頃だし、メイドを用意させよう。男よりも女の方がお前も良いだろう？」

確かにそれなりの歳になってからや、レイオンが好意を伝えてきた時から少し気まずい時もあったけれど、それでも昔から私に仕えてくれた人だ。いまさら手放す気などなかった。

「いいえお兄様、私は今まで一緒にいてくれたレイオンの方が気兼ねがなくて良いわ」

「……そう。そんなにレイオンが好きか？」

「とても信頼しているわ」

「ふぅん……。妬《や》けるなぁ、俺とレイオンどちらの方が大切なんだ？」

そんなくだらない質問、と笑いそうになる。私のことをなんとも思っていないのに、よくそんなことを聞けるものだ。

そばにいてくれることが、気にかけてくれることが愛だと思っていた。ルーカスは私を愛してくれていると、本気で私は信じていた。

けれどあなたは私を道具くらいにしか思っていなかった。それでも、あの時の手が温かかったから——自分が汚れるのを厭《いと》わず、埃だらけの床に膝をついて、息も絶え絶えの私の手を取って抱きしめてくれたから、私はその呪縛から抜け出せずにいる。

「……もちろんお兄様よ、決まっているわ。そんな当たり前のことを聞くなんて、どうなさったの？」

「はは、それならいいんだ。ところで」

目を細めたルーカスが私の頭を撫でた。それから私の表情の機微を見逃さないとでも言いたげに膝を曲げて視線を合わせる。

「殿下はまだシャロンとの婚約を了承していないんだって？　殿下にも困ったものだな、お前ほど相応《ふさわ》しい者は他にいないというのに。今日会う時にちゃんと俺から言ってあげるから安心しろ」

「……昨日お帰りになったばかりでお疲れでしょう？　今日はゆっくり休まれては？」

「いや、やることがあるんだ。――俺の可愛いシャロン、お前は俺の味方だろう？　今度こそ生意気なあの女を引きずり落とそう、手伝ってくれるな？」

お父様から聞いてわかっていたとはいえ、実際に目の前で言われると怒りに似た感情がふつふつと湧いてくる。一体どこまで私たちを振り回せば気が済むのだろう。

ルーカスは彼女に想いを伝えていない。勝手に恋に落ちて、他の男の恋人だったからと諦め、なのにしつこく恋心を拗《こじ》らせただけなのだ。そんな救いようのない彼に、一体どうすれば伝わるのかなんてもう考えなかった。

あの時、全てを黙認した私が後悔だなんて言葉を使うこと自体がおかしいのかもしれない。ただルーカスに嫌われたくないと思ったことは確かで、けれど今となってはそれもうどうでも良いことだ。ルーカスが大切なことに変わりはないけれど、ここで動かなければ私は一生ルーカスに囚われたままだ。

ほんの少しの勇気を出すだけで何かが変わったはずだった。私が嫌だと意思表示ができたなら、こうも酷い事態にはならなかったかもしれないのに。

だからもう後悔なんてしたくない。これ以上ルーカスに振り回されたくない。

「まだ彼女のことを想っていらっしゃるの？　あんな女、お兄様に追い出されて正解だったのよ」

無邪気なふりをして放った言葉は、はたして殿下にはどう聞こえたのだろう。

「深窓のご令嬢だと思ってましたけど」

翌日にはルーカスは拘束され、私とお父様はひとまず屋敷での謹慎を言い渡されて見張りをつけられた。使用人が蜘蛛の子を散らすように去ったせいか、屋敷は酷く寂れていた。

謹慎中にもかかわらず、呑気な顔をして庭で茶を飲んでいた私に声をかけてきたのは、ルーカスの代わりにここ数年殿下のそばにいたダールだった。

「あら、どういう意味かしら」

「こうなることがわからず口を滑らしたわけでもないでしょうに。あんなに溺愛してたのにルーカス殿の近況を聞きもしないんすね」

「聞いたら教えてくれるの？」

「知りたいのなら」

「そうねぇ、知りたくないといえば嘘になるけれど別に知らなくても困らないわ。私がお兄様にできることはもう何もないのだもの」

「……アンタ、何がしたかったんすか？」

　軽薄に尋ねるようでその目はしっかりとこちらを見据えている。こんなことになるように仕向けた私の真意が知りたかったのだろう。まともな部下もいるのではないかと笑う。

「私は偽善者なだけよ」

「偽善者？」

「何も知らない馬鹿な王太子殿下と、勝手に歪《ゆが》んだ愛情を持った男に振り回された公爵夫人とそのご子息を、見て見ぬふりをしたくせに放っておくこともできなかった偽善者」

　一息に告げた私にダールは息を呑んだ。

「アンタ、まさか知ってるのか」

「さぁ……」

ということはこの男も知っているのか、全てを。

——私だけではなかった。それならきっと、もし彼女がいつか馬鹿な元恋人のところへ戻る時、この男は味方になり得るだろう。

「喰えない女だな」

「ふふ、何を仰《おっしゃ》るの。私は何も知らない無垢な公爵令嬢よ」

「本当に無垢な女は自分では言わないんすよ。……変な女だ、本当に」

「自分でもそう思うわ」

公爵令嬢としての安泰を捨ててまで何を守ったというのだろう。

もう何もないのに。

「隊長！」

ちょうどその時、屋敷を監視している騎士部隊の者がダールのもとへ走ってきた。

「殿下がお呼びです」

「——わかった、すぐに行く」

頷《うなず》いた彼がこちらを振り返った。空になった私のティーカップに茶を注いでくれる。

「この後の見張りは他の者に任せますんで、給仕もいないようですし、何かあればその者に。あとご存じでしょうが、殿下はあなたを本当に妹みたいに可愛がっていましたよ。……もちろんルーカス殿のことも、本当に」

それ以上言葉にすることは憚《はばか》られたのか、黙った彼は一礼して去っていった。

後ろ姿を見送りながら、胸がジクジクと熱く苦しくなるのを感じていた。

馬鹿な王太子。お兄様に騙され、最愛の人を傷付けて。それでも私も、そんなあなたを兄のように慕っていたのは本当だった。

できることなら幸せになってほしいと思う。

今度こそ信じる人を見誤らないよう、彼女と、彼女との間の子どもと、三人で。

私たちの処遇が明らかにされたのはそれから間もなくのことだった。お父様のこれまでの功績やお父様を支持していた貴族たちの働きかけによって、ルーカスは命だけは助かることになった。

爵位を剥奪された上でエデュケート家は取り潰しと末代まで永久の国外追放。まぁ妥当なところだろうと頷《うなず》いた。

公爵家の取り潰しに伴って父が使用人たちに新しい就職先を斡旋するように、ハルメンに命じたと聞いた。レイオンは親しくしていたファレス侯爵に別邸で再び執事として雇うように頼んだと、お父様が言っていた。

私とお父様は謹慎中の態度を鑑みて拘束されることはなく、国境まで密かに送られることになった。

一つ心残りがあるといえば、レイオンは今、どう思っているだろうということ。

けれど、ようやく全てが終わってようやく自由になれたことに私はほっと息を吐いたのだった。

第四章　帰郷

殿下の執務室の窓の外、晴れ渡った空を見上げながら私はつい言葉を漏らした。

「あの男が久々に見た空がこんなに晴れやかなんて」

国外追放の刑が今朝執行されたことを聞いたせいか、心は幾分か軽くなったものの、形容しがたい気持ちでいっぱいだった。

私があの牢から出た日は嵐が過ぎ去ってすぐで、あの男は私が感じた風の冷たさなど少しも感じることがなかったのだろうなと思うと腹立たしい。

「すまない」

「……殿下が謝られるようなことは何もありませんでしょう」

いくら王太子殿下でも、天候まで思いのままになるわけではない。小さくため息を吐《つ》いて私は彼に向き直った。

「あなたも思うところはたくさんあるでしょう。本当にこれで良かったのですか？」

恋人である自分よりもルーカスを信じた彼を恨んだこともあったけれど、彼は自分よりもずっと長い時間をルーカスと過ごしていたのだ。私には計りきれない思いがあるだろうが、彼は決して表情には出さない。

「あぁ、最善だったと思っている。……どんな理由があったとしても、あいつは許されないことをした。その罪を償《つぐな》う気もないのだから、俺から言えることはもう何もない」

結局最後まで懺悔《ざんげ》することなく私のことを罵《ののし》っていたというから、本当にどうしようもないことだったのだろう。

「これが俺のけじめだ。しつこいかもしれないが聞いてくれ、俺は君を愛してる。酷い言葉で罵倒《ばとう》したことを許せとは言わない、子どもみたいに駄々をこねるような真似をして情けない男だという自覚もある。ただ許されるなら、もう一度だけ初めからやり直して、愛してもらえるように努力してもいいか」

「……初めからとはどういうことですか？」

「出会ったばかりの時からやり直したい。君を困らせたいわけではない。だからまずは友人として俺をそばに置いてほしい」

「いまさらあなたと友人に？」

てっきりよりを戻そうと言われるのかと思っていたので、つい面食らってしまった。

「ただの一瞬でも、君が俺といる時間を楽しいと思ってくれる日を今は待とうと思う。

もちろん嫌なら無理にとは……」

「永遠にこなかったらどうするおつもりですか？」

「その時は……そうだな、永遠と感じるほど君のそばにいられたことを喜ぶさ」

フィルをすぐに城に迎え入れるべきだという声があがっていることは、世論に疎い私の耳にも届いていた。彼もせっつかれているだろうに、決してそれを口にしない。そんな彼を信用をしてもよいのだろうか。

「……近いうちに時間を空けていただけますか？」

「時間？　もちろん君のためなら」

「私のためではなく、息子のために。近いうちに連れてきます」

そう言った私にエドワードは震えた声でわかったと頷《うなず》いた。

＊　＊　＊

ルーカスはともかく、シャロンとエデュケート公爵を迅速に、そして誰にも見つからぬよう静かに国外へ送るように指示をしたのは俺だった。

二人が謹慎中に静かに暮らしていたことも理由の一つではあったが、妹のように可愛がっていたシャロンと、ルーカス同様に自分を可愛がってくれたエデュケート公爵を気の毒に思う気持ちもあった。

「――シャロン」

命令通り国境へ向かう馬車へ今にも乗り込みそうな彼女の名前を呼ぶ。間に合って良かったと俺は胸を撫で下ろした。

「殿下!?」

どうしてこちらに、とその瞳を大きく開いた彼女に歩み寄る。すでに馬車に乗り込んでいたらしい元公爵が降りてこようとしたのを手で止めて彼女に尋ねた。

「少し二人で話がしたい。いいか?」

もちろん断れるはずがない彼女はたどたどしく頷《うなず》きついてくる。人気のないところまで移動してから再び彼女に向き直る。

「どうしても最後に会って言いたいことがあったんだ。これを逃せばもう二度と会うことはないだろうから」

「ご自分に毒を盛った大罪人の縁者に会いに来られるなんて、噂になったら……」

こんな時でも俺の心配をして表情を曇らせる彼女に俺は頭を下げた。

「すまなかった」

「――殿下!?　何をなさるのですか、私に頭を下げるだなんて……！」

彼女のやめてくれと言わんばかりの声音に頭を上げたが、それでも謝罪の言葉は止まらなかった。

「俺が気付けなかったばかりにたくさん苦しませてすまなかった。君にここまでさせないと気付けなかった俺をどうか許してくれ」

俺は知っていた。彼女がどれだけ盲目的にルーカスを愛していたか、それが家族愛を超えたものであることも気付いていた。

「ずっと考えていた。君は賢いし、たとえ証拠がなかったとしても俺の前であんなことを言えばどうなるかくらい容易に想像できただろう。それでも言ってくれたのは」

「殿下」

彼女がそれ以上は言ってくれるなとばかりに首を振った。

ああ、やはりそうか。ルーカスを大切に思っていても、それでも彼女はルーカスのしたことを看過できなかったのだ。今までも彼女からたくさんのヒントがあったかもしれないのに、それでも俺は何も気付かなかった。あれは彼女の最後の助けを求める言葉だったのだ。

「……黙っていられたら、それで良心が痛まないような人間になれたら良かったのですけれど。あいにくそうはなれませんでした」

諦めたように彼女は笑う。その顔は何かが吹っ切れたような、そんな表情だった。

「お兄様を許してほしいとは思いません。私も……殿下や殿下の大切な方に許しを請《こ》う気はありません」

「シャロン」

「ですからどうか私たちのことはお忘れになって、どうか幸せになってください。お兄様が壊してしまったあなたとあの方と、それからご子息との時間をこれからは大切にしてください」

シャロンの言葉に俺は苦笑した。本当に、あまりに長い時間を失ってしまった。しかしきっかけがルーカスの仕業といえどその道を選んでしまったのは俺だ。

「彼女には相変わらず振られたままだが」

「あら、そんなことで挫《くじ》けるようなあなたならいまだに好意を寄せておられないでしょう?」

その通りだなと頷《うなず》く。エリーナが結婚しても、そして子どもを産んだと聞いてもなお消せなかった気持ちだ。そう簡単に諦められるようならここまで拗《こじ》れてないことを自分でよくわかっていた。

「僭越《せんえつ》ながら申し上げますと……心を込めて想いを伝えてください。ありきたりな言葉でも、思いのほか心に留まることがありますから。私がそうでした」

懐かしむように目を細めたシャロンがまだルーカスを想っているのかどうかはわからない。ただ思うのは、もう何かに、そして誰かに囚われることなく自由に生きてほしいということだけだ。

「シャロン、これを持っていってくれ。ほんの少しの足しにはなるだろう」

手渡した小さな巾着に入っているのは三枚の金貨だった。シャロンは中を確認するなり顔色を変えて首を横に振った。

「殿下、いけません。これは頂けません」

「そう言うのはわかっていたが持っていってくれ。……こんなことになったが今でも君のことは妹のように思っている。どうか元気で暮らしてほしい。幸せになってほしいと願っているのは君だけじゃない。それは君のために使ってくれ」

こうして穏やかに笑えるのは全て君のおかげだと言いたいけれど、そうできなかった理由が彼女の兄なだけに口には出せなかった。

「──私も変わらず兄のようにお慕いしております。……もう行かなくては、お父様が待っていますから」

馬車に視線を向けたシャロンは最後に俺に深く頭を下げて笑った。

「さようなら。どうか、お元気で」

「あぁ」

もう二度と会うことはないだろう。一度もこちらを振り返らずシャロンは馬車に乗り込んだ。

やがて動き出したそれを見送り、俺は少しの寂しさを胸に愛する人のもとへ向かうのだった。

＊＊＊

刑の執行があった日から少しも経たないうちに私はフィルを連れてエドワードのもとを訪れ、父子は顔を合わせることとなった。

初めて会う息子の姿にエドワードがぼたぼたと大粒の涙をこぼしたものだから、フィルは顔を引きつらせていた。けれど、それから何度か回数を重ねて会ううちに、共に過ごす姿がすっかり自然になっていた。

「すみませんね夫人、殿下がしょっちゅう呼び出して迷惑じゃありません？」

呆れた顔でため息を吐《つ》いたダールに私は首を横に振ったけれど、確かに毎日のようにここを訪れるせいで、人目につかないようにというエドワードの配慮もほとんど意味をなさなくなっていた。

「私はかまわないのだけれど殿下は大丈夫なの？　御公務に差し障っていないか心配だわ」

「それならご心配なく。あなたと坊っちゃんが来た日は良いところを見せたいのか、特にやる気に溢れていらっしゃるので」

「そう……？」

それなら良いのだろうかと彼らを横目で見ると、少し奇妙な気分になるほどデレ顔をしたエドワードがフィルを膝に乗せている。

「お母様！　殿下と図書館に行っても良いですか？　家の書庫よりもっと大きいんですって！」

嬉しそうに言うフィルに少し戸惑ったのは、城内の図書館ともなればそれなりに人目についてしまうからだ。

しかしフィルは期待に目を輝かせていて、自分の勝手な都合で屋敷に閉じ込めていたという負い目もあってうまく言葉が出なかった。

「——駄目か？　何かあれば俺が責任を持つ」

エドワードにそうまで言われてどうして拒否できるだろう。

「……わかりました。フィル、いいわよ。殿下のご迷惑にならないようにね」

「やったぁ！」

嬉しそうに行きましょうと手を引く息子に、終始笑顔のエドワードを見ているとあんなに迷って悩んで考えたけれど、二人を引き合わせて良かったのかもしれないと思う。

フィルが歳の割に大人びているのはおそらく同年代の友達を作れず、使用人をはじめとした大人に囲まれて育ったからだろう。母親としてはむしろ積極的に同じ歳の子どもと交流を持つ場を設けなければならなかったのに、それをしなかった。できなかったなんていうのはフィルにとっては言い訳でしかない。

夫が亡くなってから沈みがちだったフィルが、ようやく屈託ない笑顔を見せたから、私はそれに心底安心していた。

「——そんなに可愛いものかしら」

振り返る人々の目も気にせず、図書館の棚を端から端まで歩いている二人を見て私はつい呟《つぶや》く。

「ふむ、だが私も急に知らされた孫の存在が可愛くてならない。あやつにとっては愛する相手との子なのだからなおさらではないか？」

　背後から聞こえてきたその声は、ついさっきまでそばにいたダールではなく、他でもない国王のものだった。

「へ、陛下……！」

「久しぶりだな、夫人。よい、礼はせずともな。あやつに会わせろと言っているのに全く聞かなくてな、つい私の方から会いに来てしまったが——邪魔をするのが憚《はばか》られるほど楽しそうだ」

　眩しそうに目を細めて遠くの二人の姿を見た、息子の祖父にも当たる国王は以前会った時より幾分かまとう空気が優しかった。

「実に聡明そうな子だ。セオルドが父親代わりであったからであろうな。あれがそなたの隠していた秘密だろう？」

「恐れ入ります。ご挨拶にも伺わず……」

「良い、気にするな。私はもう行かねばならんから、また改めてあの子を連れて訪ねてきなさい」

「そのようにいたします」

　遠目にもわかるほどフィルははしゃいでいる。夫の弟のサレムが訪ねて滞在していた時でもあんなにはしゃぐことはなかったように思う。

ただ、彼が本当の父親なのよなんて言えるはずもなかった。フィルはその言葉の意味を理解する賢い子だけれど、はたしてそれを聞いたらなんと思うだろう。

私はきっと、幼いながらも聡い我が子に軽蔑されるのが怖いのだ。


すっかり夜が更けた頃、私たちは公爵邸へ戻った。寝巻きに着替えて寝台に転がったフィルは、それは嬉しそうに今日エドワードと話したことを私に教えてくれた。

「それで殿下が仰《おっしゃ》ったんです、次会う時には僕の好きなお菓子を用意してくださるって。それに僕が育てたお花も貰ってくださるって仰《おっしゃ》ってました」

「そう、殿下はお優しいのね。……殿下と会うのは楽しい？」

すっかり疲れたのだろう、うとうとと頭を揺らし始めた息子の髪をさらりと撫でながら尋ねる。

「……お父様がいなくなってから、一人だったから」

ぽつりとこぼれたそれは今までフィルが決して口にすることのない本心だった。

私はセオルドのように剣の稽古をつけてあげることも、フィルの問いに正しい答えを与えることも、どこかへ連れていくこともできなかった。きっと寂しい思いをさせただろう。

「殿下にそれを言ったら、ならお父様の代わりになってくれるって。だから、嬉しいの」

「――そう、なの……」

何を思ってエドワードはそう答えたのか。あんなに名前を聞くたびに嫌そうにしていた夫の代わりになるとまで言うのに、決して自分が本当の父親だとは名乗らないせいで私の気持ちは揺れていた。

あの人は変わった。それならば私も変わっても良いのではないだろうか。うまくいく可能性があるのにそれを恐れて手を伸ばさないのは、それもまた私の勝手だ。

（……それでも、怖いのよ。だってまた捨てられたら？　フィルまであんなに辛い目に遭うことになったら、私は耐えられない）

エドワードやダールの守ると誓ってくれた言葉を忘れたわけではなかった。しかしいくら二人に地位や権力があったからとて、それでどうにかなる問題ではないことはルーカスの一件でよくわかっている。

いずれにせよ、もうしばらくはこのままで良い。答えが明瞭に出ない問いを考えても仕方ない。可愛い息子の寝息を聞きながら、私も静かに目を閉じた。

「おい、あれ。例の……」

そんな声が耳に届いて思わず私がそちらに視線を向けると、こちらを見ていた男たちは慌てて逃げ出した。

「お母様、どうかしましたか？」

足を止めた私に何かあったのかと、先を歩いていたフィルが駆け寄ってくる。強張りそうだった表情をなんとか柔和に保って首を振った。

「いいえ、なんでもないわ」

「どうしたんだ？　体調が悪いのなら部屋に戻ろう」

「――殿下に少しお話があります」

それが存外硬い声音であったせいか、エドワードがぴくりと反応した。けれどその場で何か言うことはなく大きな手がフィルの頭を撫でた。

「フィル、少し話をするから先に図書館に行ってくれ。ダール」

「お任せを。坊っちゃん、行きましょうか」

ダールがついているなら安心だ。私は場所を移そうと言ったエドワードと共に来た道を戻る。

「それで、どうしたんだ？」

部屋に戻るなり不安そうな顔をしたエドワードに、私は少し言い淀んだものの、これ以上は無理だとはっきり告げる。

「しばらく王城に来ることは控えようかと思います」

「――なに？　何かあったのか？」

「殿下もお気付きでしょう、ここはあまりにも世間の目に晒《さら》されてしまいます。セオルド様に似たのかあなたに似たのかはわかりませんが、あの子は親の贔屓目《ひいきめ》を抜きにしても頭の良い子です」

「……こんなことを言いたくはないが、いつかは知ることだ」

「けれど、それは今でなくとも良いはずです」

「エリーナ。君の言いたいことはわかっているつもりだ。だが……」

言い淀んだ彼も最近の不躾《ぶしつけ》な視線には気付いているはずだ。いくらフィルを城に迎え入れろという進言を突っぱねたところで、フィルの姿が見え続ける限り臣下たちは騒ぐだろう。

「あなたとフィルが共に過ごす姿を見て心が揺らがないといえば嘘になります。ですが、だからこそ私はあなたのそばにいることが怖いんです。謀《はかりごと》ばかりのこの場所に、なんの力も持たないフィルを放り込むことがはたして彼のためになるのか」

長い間この場所で生きてきたあなたとは違って、私たちには見えない敵を相手に暮らしていく覚悟はない。

「フィルにいつ話すべきか、私にはわかりません。ただ少なくとも、今この場所で長く過ごすことがあの子のためになるとは、とても思えません」

「……しばらく会いに来ないのはわかった。好奇の目に晒《さら》されたくないという君への配慮に、最近は欠けていたかもしれない。すまない」

「あなたに謝罪してほしいわけでは……」

これればかりはエドワードのせいではないので首を振る。

「ほんの数分で良い、俺が会いに行くことは許してくれないか？　あの子は君が結婚した時には、もう二度と手に入らないと思ったものだった。いまさら父親面をしようとする俺を滑稽《こっけい》に思うかもしれないが、公爵の代わりでも良い。君が望むのなら永遠に俺の口からフィルに言うことはない。ただ君とあの子のそばにいたい」

そうまで言われては断れず静かに頷《うなず》くと、彼はホッと息を吐いた。

「遅くなってしまったな。フィルが心配だ、迎えに行こう」

「ええ……」

促されるままに再び図書館への道を並んで歩く私たちは、一体どう見えているのだろう。

図書館の入り口の扉をくぐった私に人の視線がぱっと集まった。しかしそれは先程まで感じていたものとは全く違う、緊張が走るものだ。

若干の違和感を覚えたものの、まずは息子の姿を捜す。すると存外近くから声が聞こえた。

「あ、フィル……」

「ではこの本もその方が書いたものなんですか⁉」

「ええまぁ、そういうことですね」

目を輝かせた息子が話しかけている相手はダールではなかった。

その相手の顔を見た瞬間、私は言葉を失った。

本棚から取り出したそれをフィルに手渡していたその男は、他でもない私を家から追い出した実父、ザグラス・サブランカであったからだ。

「お母様！　殿下！」

私たちの姿に気が付いたフィルが笑顔で駆け寄ってきたおかげで、なんとか呆けた意識を取り戻すことができた。

「フィル、待たせてごめんなさい。……えっと……」

「大丈夫です！　この方が僕の相手をしてくださったんです！」

天真爛漫《てんしんらんまん》な笑顔でこの子にとっては祖父に当たる父を手で示したものだから、ついに私は何も言えなくなった。

「……私はもう行きますので」

父がエドワードに一礼してその場を離れようとし、ホッと息を吐いたのも束の間、なんとフィルが父の服の袖を引っ張ったのだ。

「お待ちください！　またお時間がある時にでも、僕とお話ししていただけませんか？　ぜひお友達になりたいんです！」

真面目な顔でとんでもないことを言い出した我が子に面食らったのはどうやら私だけではなかったようで、父も同じように押し黙った。

静まり返った空気を、笑いを堪えるような声で壊してくれたのはエドワードだ。

「友達になるには、ずいぶんと歳が離れているように思うが」

「友人になるのに年齢の差は関係ないとお父様が言っていました！　ぜひお名前を……あっ、僕が名乗るのが先ですね！」

ようやく父の服の裾から手を離したフィルが綺麗に礼をした。

「僕はフィル・コルサエールと申します。あなたのお名前をお聞きしても？」

目眩がした。その場に立っているのがやっとというほどであったが、こんなところで倒れるわけにもいかずなんとか足に力を入れる。これまでとは別の意味で好奇の視線が集まっていた。

「……ご丁寧にどうも。歳の離れた友人ですか、なるほど悪くない」

父が視線を合わせるために腰を折り、床に膝をつく。記憶よりもずっと皺《しわ》の入ったその手をフィルに差し出した。

「ザグラス・サブランカだ」

「ザグラスさん！　サブランカ……ああっ、もしかしてマシューという果物の特産地では!?」

「よくご存じですね」

「お父様に教えていただきました！　それにお母様はマシューがとてもお好きで、よくジャムを作ってくださるんですよ！」

ね、と笑顔で同意を求めるフィル。その腕を掴《つか》んで今すぐ逃げ出したい衝動に駆られるが、まさかそうするわけにもいかない。

「そ、そうね……」

なんとかそう答えると、フィルは満足したように父に視線を戻した。

「いつもこちらにいらっしゃるのですか？　僕も最近はよくここへ来るんです、明日は……」

「フィル。しばらく城へは来ないのよ」

まさか約束を取り付けられてはたまらないし、へたに期待をさせるのも悪いと思ったのだが、驚いた顔をしたフィルは悲しそうに眉を寄せた。

「何故ですか？　殿下とはもう会えないのですか？」

「そうではない、今度は俺がフィルの家に遊びに行く。――だから同じようにフィルもこの者の屋敷に会いに行ってはどうだ？　もちろん良いだろう、子爵？」

エドワードはフィルに続いてとんでもないことを言い出した。するとそれまで黙っていたダールが私の顔を見ておかしそうにくつくつと声をひそめて笑う。

「えっ？　ええ、もちろん、かまいませんが……」

父が驚いた様子ながらも頷《うなず》くと、フィルは飛び上がって喜んだ。

「やったぁ！　じゃあ、お母様も一緒に……」

「フィル。私は行けないわ」

「え……どうしてですか？」

この人は私の父親でとうの昔に縁を切られているからよ、なんて言えるはずもなく……。

「ザグラスさん、お母様を連れていってはいけないのですか？」

何も知らないフィルの問いかけに、私の心が折れそうになった時、父の口から放たれたのは予想外の言葉だった。

「いいえ。そのようなことはありませんよ」

「――えっ？」

「除籍はしたが勘当した覚えはない。……馬鹿者が」

つい顔を上げてそこでようやく父と視線が交わった。

記憶の中の厳格な父の風貌は変わりなかったけれど、最後に顔を合わせた時からずっと時を経たことを実感する。

「いつでも遊びに来ると良い。私の妻は子どもが好きだから、きっと君が来れば喜ぶだろう」

そう言い残して図書館を出ていく父の背中は昔と変わらずしゃんと伸びていて、けれども小さく感じたのはどうしてだったのだろう。

つんと鼻の奥が痛くなって、私は目を覆うように手のひらで隠した。今はそうしなければ泣いてしまいそうだったのだ。

王都を抜けてイーストタウンをさらに東に進んだ田舎町、それが私の生まれ育ったサブランカ領のある場所だ。

私はそんなのどかな場所で七つになるまで母と暮らし、学園へ入る年に王都にある屋敷へと越した。

「えっ、お母様はサブランカに行ったことがあるのですか!?」

揺れる汽車の窓の外は段々と緑が多くなっていく。

初めて乗る汽車があまりにも珍しかったのかフィルはずっと上機嫌だった。

しまったという顔をしてこちらを見たのは向かいの席に座ったダールだ。

「あれ、言っちゃまずかったですかね」

「……別にまずくはないけれど、どうしてあなたがついてくるのかしら」

そのうち終わるだろうと思ったお父様とフィルのやり取りは、いつの間にか本当に家に招待されるまでになっていた。

まさかフィルだけを行かせるわけにもいかず、重い心持ちで実家へ向かう汽車に乗り込んだが、正直今すぐにでも帰りたかった。

「殿下の命令ですよ、何かあった時にあなたと坊っちゃんをお守りするようにという。まぁ馬車でない分、警護しやすくてありがたいんですが」

「馬車だと何日かかるかわからないわよ、あなたが思うよりずっと田舎だもの」

わざわざ貸切にすると目立って仕方がない。汽車に乗る時には平民の服装に身を包んだし、フィルの頭にはすっぽりと帽子を被せた。

「お母様、見てください！　すごく綺麗ですよ！」

王都から離れるほど景色は自然ばかり映る。つまらないと視線を逸らした私とは違って、フィルは楽しそうだ。

「本当ね」

「そうだっ、ザグラスさんにお願いして畑の世話を一緒にさせてもらえることになったんです！　採れたてのマシューはまた一段と美味しいそうですよ！　お母様も一緒に行きましょう！」

「どうしようかしら。お父……ザグラス様は、フィルと二人きりの方が良いかもしれないわね」

「そうですか？」

「ええ。私は少し寄るところがあるから、ザグラス様のお宅まではダールに送ってもらいなさい」

「えっ、どういうことですか？」

怪訝《けげん》そうな顔をするダールを思わず睨んでしまう。フィルに聞かれないよう、小声で告げる。

「いまさらどんな顔をして帰れと言うの？」

「子爵はあなたのことも待ってるでしょう。ていうか夫人がいないと子爵家までの道がわからないんですが」

「駅を降りて東にまっすぐ進んで、途中で右に曲がったら十字路があるからそれを左に進んで畑を二つ超えたところで……」

「ちょっ、わかりませんって！」

「すぐよ」

「こんなこと言うのは失礼かもしれませんけど、俺ずっと王都で暮らしてきたんですよ。今までの経験から、田舎で暮らしていた人間のすぐっていうのはすぐじゃないんですよね」

それならば駅を降りてタイミングが良ければ馬車が捕まるだろうから、それまで一緒にいれば良い――なんて考えていた私は駅に着くなり言葉を失った。

「ザグラスさん！　迎えに来てくださったんですか！」

「あれ。お父上、迎えに来てるじゃないですか」

ダールの言葉に私は顔が引きつる。

笑顔で駆け寄ったフィルの頭を撫でていた父は、ちらりとこちらを見てたった一言。

「乗れ」

「……はい……」

まさか逆らえるはずもなく大人しく馬車に乗り込む。その直前、にやにやとこちらを見ていたダールの背中を思い切り叩いたのは、ただの八つ当たりだった。

田舎の道は王都のように整備されていないので、ある程度大きな石を退けただけの道を馬車で走るのは、どうやら慣れていない者にとっては苦痛らしい。

「うげ、酔ったかも……」

父に乗るよう言われたダールもまた断りきれずに同じ馬車に乗り込んだが、その顔色はみるみるうちに悪くなっていた。

「大丈夫？」

「こんな揺れる道は初めてなもんで……」

「走ってついてきてもいいのよ」

馬車の扉を指差すと「アンタ鬼ですか」と小さく睨まれてしまった。

「お母様、ここは空気が美味しいですね！」

フィルの言葉に素直に頷《うなず》いたのは確かに王都よりも空気がずっと澄んでいたからだ。

遠い記憶の中にある景色を眺めていると不思議な気分になる。二度とこの道を通ることはないと思っていた。

「こんな田舎に君のような子どもが喜ぶものはないからつまらんと思うが」

父の言葉にフィルはぶんぶんと首を横に振る。

「そんなことはありません！　僕はずっと屋敷の中にばかりこもっていましたから、こういう緑がたくさんの風景は初めてです。とても落ち着きます」

「……そうか。着いたらまずは食事にしよう。妻が腕を振るったんだ、マシューのパイもある」

「やったぁ！　僕もお母様が作ったマシューパイをたまに食べるんです。僕の大好物です！」

「そうか」

優しく微笑んだ父と、私は相変わらず視線を合わせることができなかった。

久しぶりに実家に足を踏み入れた私の心臓はうるさいほど鳴っていて、今にも吐きそうなくらい緊張していた。

「お邪魔いたします！」

父と手を繋ぎ、隣を歩くフィルが元気な声を出して先に玄関をくぐる。

「今帰った」

「おかえりなさい、あなた。……あら、小さなお客様ですね」

開け放たれた扉の向こうからその声が聞こえ、私は足が動かなくなった。

そんな私を気遣うでもなくダールが背中を押す。

「ほら、アンタが入らないと俺も入れないんですよ」

「お母様？　どうなさったのですか？」

心配そうにこちらを見たフィルに、こうしていたって仕方がないとなんとか自分を奮い立たせて扉の中へ足を踏み込む。

「……エリーナ……？」

久しぶりに対面した母に、私は何を言えば良いのかわからなかった。

「あなた、エリーナでしょう？　エリーナよね？」

初めは驚いた様子で、けれどゆっくり首を振って目に涙をいっぱいに溜めたお母様が歩み寄ってくる。

「お母様……」

呼びかけた私の声で駆け出したお母様と抱擁――かと思ったその時だ。

「今まで何をしていたのよ、この馬鹿娘!!」

「痛っ!?」

「おいシルビア!?」

お母様の拳によって、感動の再会は私の悲痛な声に掻き消された。

頬へのあまりの衝撃でしばらく目が開けられなかった。ようやく薄く瞼を開けると、お父様がこちらに手を伸ばし固まっていて、ダールが「わお」と呟《つぶや》き笑いを堪えていた。

記憶にあるお母様はいつも温厚な人だった。優しく慈愛に満ち溢れていて、華美に着飾らなくとも美しさに満ちている。

いつだったか友人と喧嘩をして手を出した私に、どんな理由があろうとも暴力はいけないことだと教えたのは他でもない母である。

しかしながら過去に一度だけ、普段の穏やかな笑顔はどこへやら、母の豹変《ひょうへん》した姿を見たことがあった。あれは確か、珍しくお父様が泥酔して帰ってきた時のこと。日頃の厳格さは全く失われ、お父様は両腕を二人の女の肩に乗せて上機嫌で家の玄関をくぐったのだ。

夜更けであったにもかかわらず帰宅を大声で知らせたお父様に、お母様はただ一言「恥を知りなさい」とゾッとするほど冷たい瞳で言い放ったのだ。

後にも先にも感情的なお母様を見たのはその時だけだ。頬の痛みを感じながら私はそのことを思い出していた。

「この馬鹿娘」

一瞬感覚がなくなったものの、すぐに痛み出した頬を押さえた私はなんとか状況を理解しようと試みたが、うまくいかなかった。

「お、お母様」

床に倒れた私の前に仁王立ちする彼女は、あの日同様冷たい視線を降り注ぐ。

「この親不孝者。なんの連絡も寄越さないで急に帰ってくるなんて、どういうつもりなのかしら？」

「えっ、いえ、私はちゃんと」

助けを求めるように父に視線を向けると、たどたどしくも横から入ってきてくれた。

「あのだな、シルビア、その……」

「お客様が来るとは聞いておりましたけれど、一体どういうおつもり？」

「いやその、私はただ君を驚かせようと」

どうやら父の連絡不足であったらしいことはわかったので、私はひとまず立ち上がりフィルを見る。

あまりに衝撃的な一連の流れに理解が追いつかなかったのだろう、口を開けて固まっているフィルの腕を掴《つか》んだ。

「お母様!!　わ、私の息子です……！　フィル、ご挨拶なさい！」

一か八か、子ども好きなお母様の怒りが収まればと打算的なことを考える。

「こ、こんにちは……」

無茶振りをしたにもかかわらず礼儀正しく頭を下げた息子に感極まる。

あぁフィル、あなたは本当に私の自慢の息子よ。私があなただったら逃げ出しているもの。

「――あら、ごめんなさいね。こんにちは、可愛いお客様。騒がしくなってしまったわね」

「い、いえ……」

「それで？　あなたはお客様かしら？　私はシルビア。どういうつもりでいらしたのかしら」

　お母様の視線を受け止めたダールは、笑いを堪えていたことなど悟らせずにこりと笑った。

「俺は王太子殿下からエリーナ様とフィル様の護衛を言い付けられた者です」

「あらそう、あの馬鹿王太子から」

　お母様にさらりと受け流され、ダールが固まった。

「まぁいいわ、玄関先で話していても仕方がないもの。昼食にしましょう」

　思い描いていた帰郷とあまりに違いすぎて、私は早くも心が折れそうだった。


「お口に合うかしら」

　さっきまでの怒りはどこへやら、私の記憶にあった通りに穏やかに笑う母にフィルは安心したように頬を綻《ほころ》ばせた。

「とても美味しいです」

「そう、良かったわ。あなたもお口に合うかしら」

　客人のようにもてなされたダールは、びくりと肩を揺らしながらも頷《うなず》いた。

「はい、とても。すみません、俺までご馳走になってしまって」

「良いのよ、食事は人が多い方が楽しいもの。どこぞの馬鹿娘が帰ってこなくなってから夫と二人の食事は特に味気なくて——久々に賑やかで楽しいわ」

馬鹿娘というのが自分を指しているのだとわかっているだけに、笑うこともできず私は黙々と食事を口に運んだ。公爵家のシェフが作る料理はもちろん美味しいけれど、そこにはない温かさと懐かしい味が心を満たしてくれる。腫《は》れた頬のせいでとてもゆっくり味わうどころではなかったが。

「フィルくんみたいに都会の子には退屈な場所かもしれないけれど、我が家だと思ってゆっくりくつろいでちょうだいね」

「ありがとうございます」

はにかんだフィルに笑みを浮かべたお母様にホッとしたのも束の間、鋭い視線がお父様に向けられたのを見て気が気ではなくなる。

「それで？　あなた、どういうつもりかしら」

「いや、その……そうだフィルくん、畑を見たいと言っていたな！　よし今すぐに行こう、日が暮れてしまう前に！」

「えっ⁉　は、はい！　ごちそうさまでした！」

さぁ早くと連れ立ってダイニングルームから出ていってしまった。

二人をぽかんと見つめているとお母様の低い声が響く。

「逃げたわね。後でゆっくり問い質《ただ》してやるんだから——それで？　今まで連絡すら寄越さなかった言い訳を先に聞いてあげるわ」

無情にもこちらに向けられたその眼差しに震え上がる。助けを求めてダールをちらりと見たけれど、静かに逸らされてしまった。

「その、言い訳などではなく、いえ、言い訳なのですけれど、私が帰ってきても良いものかと考えておりまして」

しどろもどろに答えたのだが、お母様は無言で見つめるだけなので今にも泣きそうになったけれど、意外にもその言葉は自然にこぼれ落ちた。

「ご、ごめんなさい……」

「……行ってきますも言わずに勝手に出ていって、ただいまも言えないのね。私が、どれだけあなたを心配していたか」

私と同じ色の瞳が揺れる。あぁ、私はどれほど親不孝なのだろう。

「——ただいま帰りました、お母様」

この家の門をくぐることはおろか、二度と会うことすら許されないと思っていた。

お父様の言葉の意味を履き違え、読み取ろうともせず離れた私は本当に馬鹿だ。

おかえりなさい、とお母様の震えた声になおさらそう思った。

「全く、あの人にも困ったものだわ」

眉を下げて昔のように笑った母にようやく心が落ち着いた。

「いつも言葉足らずなのよ。あなたがお父様とそう歳の変わらないコルサエール公爵と結婚したと聞いた時には、卒倒しそうだったわ」

けれど、と彼女は息を小さく吐いた。

「幸せに暮らしていたんだろうことはあの子を見ていればわかるわ。……良かった。あなたを置いて公爵が亡くなったと聞いて、本当はすぐにでも駆けつけたかったのよ。けれどあの人が、エリーナの立場を悪くしたくなければ行くなと」

「お父様が？」

「えぇ。——あの馬鹿王太子と交際していた時もそうだけれど、あなたにとってこの実家はしがらみにしかならないでしょう」

「そんなことは」

否定したけれど、それは世間から見れば確かにそうだった。除籍されたからこそ、便利なこともやはりあったのだ。

実際セオルドも屋敷に私を連れていった時に『彼女は実家からは除籍されているから、

身寄りがない。身の回りの世話をしてやってくれ』と言った。それだけでメイドたちは穿鑿《せんさく》せず、私に仕えてくれたのだ。

「あの時も言ったわね、エリーナ。あなたに、身分相応でいなさいと」

「……ええ。覚えておりますわ、お母様」

「それはね、あなたが歩む道の石があまりに尖《とが》っていたことに気付かなかったからよ。……私もあの人も、あなたに家のための婚約を押し付けるつもりはなかったわ。私たちのように、想う人がいるのならその人と結婚すれば良いと思っていた。今も昔もあなたの幸せを願うのは変わらないから」

お父様は子爵家の一人息子で、お母様はそんなお父様の幼馴染だったという。平民だったお母様を先代は認めなかったそうだけれど、お父様が引かなかったらしい。

それがお父様の最初で最後の祖父への反抗だったと、いつかお母様が教えてくれた。

「けれど、その石に気付くのがきっと遅すぎたのね」

「――お母様？」

「私には何もできなかったもの。口を出せるわけがないことくらい、わかっているわ。けれどお願いよ。私はもう、あの馬鹿王太子にあなたが傷付けられるのを見るのは、たくさんよ」

エドワードと交際していると母に告げた時、お母様は何を言っているのと眉を顰《ひそ》めた。たかが子爵令嬢が王太子と交際するなど、耳を疑うのも当たり前だ。

妄想だと母は思っていたようだ。けれど王都で噂を聞いたお父様が必死な形相で詰め寄ってきた。今すぐ別れなさい、と。

お前では釣り合わないから、と、その言葉に私は泣きじゃくって反抗した。生まれがなんだというの、あの人を愛してるわ、なんて言って子どものように駄々をこねた。

それからすぐに私はお母様に挨拶もせぬまま実家を出て王都の屋敷へ戻った。

その後、私はルーカスの策略によって濡れ衣を着せられた。

衝撃的な話をした娘が気付いたら出ていき、どうしたものかと考えていたら今度は王族に毒を盛った容疑で拘束された。話を聞いた時のお母様の心境を考えると胸が痛くなる。

「お母様、馬鹿王太子は言い過ぎでは…」

ちらりとダールを見ると、彼はやはり笑いを堪えていた。言い付けはしないだろうけれど臣下である彼の前で滅多なことは言わない方がいい。

「かまわないわ。これで不敬罪で捕らえられても」

「お母様」

「大切な私の一人娘を勝手に見初め、あろうことか子どもを作っておいて、臣下の嘘も見破れず恋人を責め立て追い出す。これを馬鹿と言わずなんと言うの？」

「……あの。横から口出すのもなんですけど」

断りを入れたダールが頬をかきながらエドワードのフォローをする。

「殿下は一日たりとて夫人を忘れたことはないっすよ」

「笑止千万」

ばっさり言い切ったお母様にダールは顔を引きつらせた。

「おっかないですね。殿下は娘御との再婚を望んでいますけど」

「本来、結婚は両家の両親の同意が必要なもの」

私の腕を引いたお母様はそれは美しい笑みを浮かべた。

「一度目の結婚はコルサエール公爵から許可を求められて私と夫が了承したのよ。挨拶もなしに娶《めと》ろうなんて——腹を痛めてエリーナを産んだのはこの私なのよ。王太子？関係ないわね、私にとっては可愛い娘を手酷く扱った糞男だわ」

「お母様、お言葉が乱れておりますわ」

「あらいけない。そうだわエリーナ、ジャムを作ってあるのよ。一緒にスコーンを焼いて食べましょう」

「まぁ！　お母様の手作りジャム、とても好きです」

「いつかあなたが帰ってくる日を考えて、切らしたことは一度もないのよ」

お母様は変わらず優しい顔で微笑み、私も笑顔で返す。

どうしたもんかね、とダールが肩をすくめていた。


楽しい時間はあっという間に過ぎ、まだ帰りたくないと駄々をこねて両親に縋《すが》り付く我が子を引き離すのは少しばかり大変だった。

「お父様、お母様、また改めて……」

駅まで見送りに来てくれた両親にそう言うと優しい表情で頷《うなず》いてくれた。

「ええ。今度はもっとゆっくりいられる時に帰ってきなさい」

「そういたします。ほらフィル、二人にご挨拶を」

促した私にそれまでぶすくれていたフィルはしぶしぶ機嫌を直した。

「ありがとうございました、とても楽しかったです。それで、あの、ザグラスさん、シルビアさん」

どうしたのだろうとフィルを見ると、言いにくそうに目を泳がせながら驚くことを言った。

「おじいさま、おばあさまってお呼びしても良いですか？　お母様のご両親なのですよね……？」

どうしてそれを、というのはどうやら両親も思ったらしく、お互いの顔を見合わせる。

「フィル、どうして……」

「屋敷にお母様がとても自然に溶け込んでいて、そうなのかなって……違いましたか？」

「――本当に賢い子だな。そう呼んでくれるのならこれほど嬉しいことはない、また遊びに来なさい。今度は友人ではなく孫として」

お父様の言葉にフィルが満面の笑みで頷《うなず》く。

やがて汽笛の音がして、私たちは慌てて汽車に乗り込むべく二人に別れを告げた。

第五章　責任と覚悟

「お母様、どうしておじいさまだともっと早くに教えてくれなかったのですか？」

帰りの汽車の中で尋ねてきた息子に眉を下げる。

まさか今回の帰郷がこんなに良い形で終わることになるとは思わなかった。

「さぁ、どうしてかしら。楽しかった？」

「とても。けれど少し眠くて……」

「それなら寝なさい、まだ到着までは遠いもの」

「はい……」

揺れる車内は良い子守唄だったのだろう、やがて寝息を立てたフィルが私の肩にもたれかかる。

「お疲れなのはあなたもでしょう。少し休まれては？」

「あら、優しいのね、ダール。けれど大丈夫よ」

「それにしてもあなたの母君、綺麗な人でしたねぇ。さすがに頬に拳がめり込んだ時は心配しましたけど」

「嘘仰《おっしゃ》い、笑っていたくせに。……手をあげられたことなんてこれが初めてよ」

まだ少し痛む気がする頬を撫でて肩をすくめる。

「アンタが殿下と結婚することになったら、そう簡単に祝福してくれないかもしれませんね」

「そうね、――しないわよ！」

つい頷《うなず》いてしまった私は慌てて首を振った。

「滅多なことを言わないでちょうだい！　つい頷《うなず》いちゃったじゃない……！」

「はぁ。俺はむしろ不思議でたまりませんけどねぇ」

車窓から落ちていく夕陽の眩しいほどの橙色《だいだいいろ》が差し込む。

フィルの目を眩しくないよう手で覆った私を見ながら素朴な疑問とばかりに彼は言った。

「アンタは優柔不断ってわけでもないでしょう。自分に好意を持っている男が友人になりたいと言ったからって、応える気がないのに断らないなんてことしますかね」

「……何が言いたいの？」

「怒らないでくださいよ。俺はアンタの思うままに生きれば良いと思っていますから」

「どうだか」

鼻で笑った私に、本当ですよ、とダールが珍しく真面目な顔をする。

「ただ俺の主君は殿下ですから、どうしても間近で見てきた俺としては」

その言葉の続きを言う前に、ドゴンッ、という音と共にダールの頭ががくんと落ちた。

「え……？」

何が起きたのか全くわからなかった。けれど確かに見えた。ダールの頭に、鈍器のようなものがめり込むのが。

「ダール……？」

「よう、お嬢ちゃん」

突然目の前に現れた男たちにいつの間にと身を強張らせたが、そのうちの一人がすかさず私の首元に短剣を突きつけた。

「誰？」

その問いには答えず男たちはダールの身体を席から引きずり出して縄で手足を縛った。

床にダールの頭から流れる血が滴《したた》るのを見てただごとでないことを悟る。

「おっと、大きな声を出してくれるなよ。ガキが起きちまう、喚《わめ》かれでもしたら面倒だ」

車内に視線をやるけれど他に人はいない。当たり前だ、田舎からこんな時間に王都へ向かう者など滅多にいないだろう。そもそもが本数の少ない汽車だ。

「何が目的？」

震えた手でフィルを抱きしめて尋ねると、男たちはにんまりと笑って私の腕を引いた。

「おいお前ら、ガキの手を縛っとけ。心配するこたねぇよお嬢ちゃん、抵抗しなけりゃ痛い目は見させねぇぜ」

男が厭らしい笑みを浮かべ、私はなんとか声を振り絞る。

「この子に危害を加えないで」

「おう、大人しくしていればな。ただよう、お嬢ちゃんたちが何者かは知らんが、あんたらは高値で売れるんだよ。ちぃっと大人しくしていてくれりゃ、客に渡すまでは手厚く扱ってやるよ」

「わかったわ」

震える唇を噛んで頷《うなず》くことができたのはフィルがいたからだ。

そうでなくては私はとうに恐怖心で卒倒していただろう。男たちが訝《いぶか》らない程度に周りを窺ったら、どうやら仲間と思《おぼ》しき者は五人、全員が剣や短刀など武器を持っている。

ダールは何度か呻いていたけれど、出血の量を見るとおそらく目が覚めても何もできないだろう。なんのための護衛だと言いたくなるけれど、男はまず的確にダールを狙った。

それはつまり私たちの護衛として彼がついてきていることを知っていたのだろう。

（――城の関係者？　また殿下の側近？）

わからないけれど、金銭目当ての賊でないことだけは理解できた。

彼らは大人しくしていれば危害を加えないと言ったし、フィルも眠ったままの方が都合が良いと言っていた。

私は外を見た。

陽が落ちるのは一瞬だ。車窓から見える空はもうほとんど暗い。

王都へ着くまでに停まる駅はあと二つ、だが次の駅でも人が乗ってくる可能性はほぼない。

どうするべきか必死に考えたものの、今はどうすることもできないので静かに男たちの話に耳を傾けることにした。

「相手さんはどこで待ってるって？」

「いつものとこだってよ。にしても人攫《ひとさら》いは慣れてるが、女子どもは初めてだなぁ。まぁ金さえ貰えりゃいいか」

「だな。あんな大金出すんだ、……っと」

私の視線に気付いたのか、男の一人が歩み寄ってくる。

「お嬢ちゃん、一体どこの誰だか知らねぇけど、逃げ出そうなんて考えるなよ。他の車両にも仲間はいるんだぜ」

まずは情報を一つ、少なくとも五人以上は仲間がいるということ。

「……あなたたちは盗賊ではないの？　お金なら大して持っていないわよ」

「ちっげぇよ。俺らのこれは立派な仕事だ」

あんなのと一緒にするなと笑う彼らだが、盗賊も人攫《ひとさら》いもやっていることは同じ犯罪だ。

「弟くんも仲良く連れていってやるから安心しな」

その言葉はフィルに視線を向けて放たれた。

――フィルのことを私の弟だと思っている？

それなら私たちのことを知らないのだろう、けれど私たちを攫《さら》うように誰かに命じられた。

今日この時間の汽車に乗ることを知っている人物なんて、限られている。

「お嬢ちゃんが大人しくてありがたいぜ、騒がれたら腕の一本や二本は折らねぇとなんねぇからな」

「まぁお嬢ちゃんたちをあちらさんに渡したら、俺らはトンズラするからよ」

「……あちらさんって、どなたのことかわからないわ。私の知り合いなの？」

「そんなの俺たちだって知らねぇよ。まぁ大方どこかのお貴族様だろ、俺らに仕事を持ってくる時点でまともな奴じゃあねぇけどな！」

ゲラゲラ笑い声を立てる彼らはやはり私が公爵夫人であることも、今や社交界で噂されている、そこに寝転がるフィルがこの国の王太子の息子であることもわかっていない。

「まぁ大人しくしててくれや。ルクセンゼールでちょいと箱の中に入ってもらうが、暴れんなよ」

ルクセンゼール、ここから二つ目の駅の名前だ。

「――わかったわ」

「物わかりがよくて何よりだ」

「痛い目に遭うのは嫌だもの」

男たちは満足げに頷《うなず》いた。

列車がカーブで揺れる。この列車は動いている。それはつまり操縦者がいるということだ。

今、対策を考えられるのは私しかいない。そう思ってふとダールの方へ視線をやった時だ。

気を失っていたはずなのにいつの間に起きたのか、にこりと笑った彼は寝転がったまま、縛られていたはずの手を唇の前に持ってきて「静かに」と唇を動かす。もちろん、頭からは血を流したまま。

どうやら殿下はずいぶんと化け物じみた人を側近に持っていたらしい。

ただその事実は少しの余裕と安堵を与えてくれた。

休まず汽車が走り続ける間に、とにかく自分がどう動くべきかを考えていた私に、男の一人が声をかけてきた。

「別に聞いたからってどうもねぇけどよ、お嬢ちゃん、お貴族様に何かしたのか？」

「……私が？」

「俺は妾《めかけ》が嫌になって逃げ出したって方に賭けてんだけどよぉ」

どうやら私たちが貴族だと思っていないようだ。

当たり前だ、平民の装いをして汽車に乗ろうなんて考える貴族はそういないだろう。貸し切るように手配すると言ってくれたエドワードの言葉に甘えれば良かったといまさら後悔しても遅い。

「心当たりがないわ。私たちは実家に帰省していただけだもの、人違いじゃないの？」

「いいや、確かにお嬢ちゃんだぜ。ベージュの髪と紫の目、ガキの方は紺の髪に瞳。まぁ聞いてたより明るいような気はするが……偶然じゃあねぇよ。なぁ？」

「おう。だがまぁ、丁重に扱えって言われてるからなぁ。相手さんとどんな関係かは知らんが、俺たちは嬢ちゃんたちを運ぶだけだ」

「悪いが俺らみたいなモンは、こういうこともしなきゃ生きていけねぇんだよ」

「……お金で雇われたのなら、私がそれ以上の金額を支払えば解放してくれるのかしら」

尋ねた私に一瞬きょとんとした彼らはゲラゲラと笑い出した。

「馬鹿言っちゃいけねぇ！　そこいらの町娘に払えるような額じゃないんだぜ」

セオルドの遺した金額は莫大だし払えないこともないだろう。しかしへたをすれば『相手さん』とやらの取引に良いように使われるだけだ。滅多なことを言うものではない。

とりあえず次の駅に着くまではダールに指示された通り、大人しくしておくのが一番だろう。

「それにしても男を真っ先にやれってことだったが、その男はお嬢ちゃんの恋人か？」

違う、ととっさに否定しかけて黙る。へたに護衛だということが悟られるよりもその方が良いかもしれない。

それを肯定と取ったのだろう、男が仲間たちに歓声をあげる。

「賭けは俺の一人勝ちだぜ！」

「ちぇっ、恋人と駆け落ちかよ。でもお嬢ちゃん愛されてんなぁ、お相手さん何が何でもお嬢ちゃんを連れてこいってよ。あんだけの前金まで渡してきたんだ、よっぽどだぜ」

「確かに綺麗な娘っ子だな。もう少し成長したら別嬪《べっぴん》だ」

娘っ子。――私は成人だし子どもも産んでいるのだけれど。

失礼な男たちだが、それよりも笑いを堪えて微《かす》かに震えているダールの方が失礼だ。

「まぁ諦めろよお嬢ちゃん、俺たち平民は貴族には逆らえねぇんだからよ」

「そうだぜ。それに良いじゃねぇか、大事にしてもらえるならよ。せいぜい甘い声でねだって好きなように暮らせば」

何を勘違いしているのかは知らないが、待っているのは確実に私の存在を良しとしない連中だ。フィルを狙ってきているところを見ると、息の根を止めるつもりだろう。

ならば私の取るべき行動は一つだ。

「……確かにそうよね。けれどせめて最後くらい、彼の近くにいていいかしら。そうしたら大人しくしているわ」

「おう、いいぜ」

「おいっ！」

「良いじゃねぇか。どうせ縛ってんだから何もできやしねぇよ」

「……そうかぁ？」

この男たちはそんな大金を受け取った仕事に万全を期すなどという考えはない。

どうしてこのタイミングでこんなことを言ったのか、疑わない時点でプロじゃない。

「うおっ？」

駅に停まる前の二十数秒、この列車はトンネルに入る。そう長くないトンネルだから明かりもつかないし風を切る音のせいでよほど近くにいなければ声も聞こえない。

「ダール」

声をひそめて、けれど確実に聞こえるよう告げる。

「私はこのまま彼らに大人しくついていくわ、相手が誰だかわからないけれど、正体が判明しなければどうしようもないもの」

「夫人、それは」

「私は今日一日、ダールを好きなように使っていいと言われているわ。命令よダール、フィルを守って。私のことは放っておいて」

間もなくトンネルを通過し終える。

「──了解……」

その怪我で意識があるのは奇跡だけれど、とても私たち二人を守れるとは思わない。

油断しましたすみませんと呟《つぶや》く彼に私は笑った。本当は怖くてたまらなかったけれど、悟られないように。

ルーカスの一件で学んだことがある。学んだ、といえば大層に聞こえるかもしれないが大したことではない。ただ思い知っただけだ。

私がどれほど旦那様に守られていたか、大切にされていたか。

私はわかっているつもりでいたけれどそうではなかった。

何も知らずに彼が与えてくれるものをありがたく受け取り、幸せに浸っていた。私の辛く苦い記憶を彼が背負ってくれていただけだったのに、それに甘えきっていた。

彼はもういないけれど、願うことくらいは許されるだろうか。

(助けて、旦那様)

私は馬鹿だ。フィルだけを助けろとダールに命じたのに、自分が殺されるかもしれないことがこんなに怖いなんて。浅ましいにも程がある。

わかっていても、待ち受ける恐怖に身体が震えて止まらなかった。あぁなるほど、これがエドワードが常に隣り合わせに生きてきた感情なのか。

「おっ！　おーい、ここだ！」

縛られたまま列車を降りた私たちは、駅の外で待っていた男の仲間たちのもとへ連れていかれた。

「おう。うまくいったぜ、お嬢ちゃんも大人しいからやりやすいってもんだ」

「そりゃありがてぇ。じゃあさっさとこの箱の中入ってくれよ」

「考えたんだが暴れねぇなら箱に詰め込まなくても良くねぇか？」

「バッカ、おめぇ、考えてみろよ。お貴族様がこんな裏で俺たちみたいなゴロツキ雇うくれぇなんだし、この女もそれなりの身分なんだろうが」

誰かに見られたら俺らが悪くなる、と言う勘のいい彼に、見られなくてもあなたたちは悪いわよと言いたくなるがなんとか堪える。

「お貴族様が平民の服なんか着るかよ。少なくともこのお嬢ちゃんは、俺らのことゴミタメを見るような目では見なかったぜ」

「……そんなこと関係ねぇよ。ほら、さっさと入れ」

人一人がどうにか入れそうな箱は一つしかない。

「――彼はどうするの？」

箱の中に足を掛けて私はダールの方に視線をやる。

いまだに気を失っていると思っているのか、扱いはぞんざいだ。

「あぁ。ここに置いていくか」

「コイツも連れてって殺されるよりは、置いていかれた方がいいだろうしな」

「ガキの箱はどうした？」

「用意できてねぇよ。まぁ寝てるし大丈夫だろ」

「憲兵に見つかったらどうする？」

「お前の息子だとでも言えよ」

そんな軽口を叩いてゲラゲラ笑う彼らから目を逸らしフィルの方を確認する。よく眠っている、本当に――

（……どうして眠ってるの？）

ほんの少しの違和感が今、確実に疑問に変わった。私が部屋に入ってくる足音で目を覚ましていたような子が、はたしてこんな時になっても寝ているだろうか。

箱の扉が閉じられる瞬間、確かに私は見た。

フィルとダールが目配せするその姿を。

長い時間箱の中の暗闇で揺らされた私はいい加減に疲れていた。ただでさえ実家に帰ることに緊張してあまり眠れなかったというのに、帰りにこんなことになってしまうなんて思いもしなかった。

ダールにはあんな風に言ったが、もし私を攫《さら》うように命じた相手が元から私を殺すつもりだったら、話をする間も与えられないのではないだろうか。そんなことを考えていると長い時間をかけて揺れていた箱はやがてピタリと止まった。

眠りかけていたが、箱の蓋が開き差し込んできた光に目を細める。

ずっと暗闇にいたせいでうまく視点が定まらず、視界はぼやっとして歪《ゆが》んでいた。

「出ろ」

その言葉で重い腰を上げて立ち上がる。体の節々が痛くてたまらない。目を擦《こす》りよく見ると、どうやら室内のようだった。けれどとても綺麗とは言えない倉庫のようだ。

そこにいたのは二人の男で、私たちを攫《さら》った男たちはもういなかった。

「――エリーナ・コルサエールだな」

名前を呼ばれ、顔を上げる。

この男たちは私の名前を知っている、つまりゴロツキを雇った側だ。

「……ええ。ここはどこかしら？」

「余計なことは話すな。こちらが聞いたことだけに答えろ」

対面するなり殺されるかもしれないと考えていたが、どうやらそういうわけでもないらしい。

フィルとダールがどこへ行ったのか気がかりでならない。

「なぁ」

どうしたものかと思案していると男のうちの片方が首を傾げた。

「本当にこれがコルサエール夫人か？」

「……当たり前だ。この女もそうだと言っただろう」

「この国の王太子や例の公爵子息が溺愛してるとかいう絶世の美女が、こんなのか？」

訝《いぶか》しげな表情の彼にもう一人も確かに、と頷《うなず》く。

失礼極まりない男たちであるが、滅多に社交界に出なかった私のことを知らずとも無理はない。

「まぁどっちでもいいだろう。ガルダ様がいらっしゃったらわかることだ」

ガルダ様、と今聞こえた名前に私は顔を上げた。

――ガルダ？

記憶を辿るけれどそんな者は知らない。

しかしルーカスの時のように忘れているだけかもしれないし、と必死に頭の中を模索する。

「そうだな。それよりガキの方はどうした？」

「あぁ、まだ眠っているんだと。攫《さら》われたとも知らずにな」

「まぁ起きて騒がれたら面倒だからいいが……。一緒にいたとかいう護衛の男は？」

「アイツらが道で捨ててきたってよ。目を覚ましていたらしいが、頭を強く打ってたからそのまま死ぬだろうって」

「生きていたらどうする？」

「だとしても関係ねぇよ。夜明け前にはこの女もガキも殺すんだから」

殺す。そのワードで心臓がうるさいほど鳴り始めた。

ダールは今どこにいる？　考えれば箱に詰め込まれる直前も彼は出血が止まっていなかったではないか。

——いや、けれど彼はフィルを守ることを承知した。今は信じるしかない。そう考え、首を振った時だった。

「首尾良くいったようだな」

「『ガルダ様！』」

男が部屋に入ってきた。ぽってり太った、少しばかり前髪が後退している男。

「久しぶりだな、エリーナ……いや、コルサエール夫人？」

にやりといやな笑みを浮かべた彼が歩み寄る。

「……どちら様ですか……？」

私はただそう返すことしかできなかった。

一瞬だけ呆けたような表情になった男を眺めながら、私は必死で思い出そうとした。けれど、やはりわからない。久しぶりだとこの男は言った。それならきっと私とどこかで会ったことがあるのだろう。

公爵家に嫁ぐ前？　学園時代？　なんの繋がりか、考えても答えは全く見つからなかった。ガルダというどこにでもいそうな名前に、特に特徴のないいたって平凡な顔。

「はは、この状況で冗談が言えるとはな。さすが王太子殿下を籠絡《ろうらく》し、公爵子息の人生を狂わせ、お堅いことで有名だった公爵を懐柔し、挙句には王子を産んだ悪女だ」

「――私はあなたのことなんて知らないわ」

はっきりと言い切ったけれど、自信がなかった。

だって私はルーカスとの初めての出会いですら忘れていたのだ。

「知らない人からそんな風に言われる筋合いもないわ」

確かに外から見れば悪女に見えるかもしれないが、セオルドはフィルの出自を知っていたし、それをわかった上で最後の時間を私たちと暮らしてくれた。

「この女め！　ルーカス殿のこともお前の方から仕掛けたんだろう、俺にしたように!!」

「……なんですって？」

眉を顰《ひそ》めた私は横面を思いっきり拳で殴られた。母からの拳とは比べ物にならない痛みに耐えられずその場に倒れ込む。

「痛ッ……」

縛られているせいで起き上がれない私の上にのし掛かり、男は私の顔を何度も殴った。

「お前に裏切られた俺の心の痛みはこんなものではなかった！　思い知れ!!」

（――裏切られた？　何を言っているの？）

疑問を口にする間もなく殴られ続けた。

やがて、口の中が切れたのか血の味でいっぱいになった頃、私の首を足で踏みつけて男が離れていった。

「お前への復讐に心を燃やしていた時、あのお方たちから声がかかったんだ。お前を殺せば復讐もできる上に、この国の未来を救った英雄にもなれるとな！」

唾《つば》を飛ばしながら叫んだ男はさらに話し続ける。

「この俺を弄《もてあそ》んだお前にどんな死が相応《ふさわ》しいか考えていたが……じわじわ痛め付けて殺してやろう」

私が弄《もてあそ》んだ？　この男を？　何を言われているのかわからなかったし、朦朧《もうろう》とした意識ではろくに考えることもできなかったけれど、ただ感じるのは、この男がやけにエドワードやダールから聞いたルーカスと被ることだ。

（……また私が勝手に勘違いさせたと言いたいの？）

この男が何を言っているのか理解できたわけではないけれど、とりあえずは私に弄《もてあそ》ばれたと言いたいのだろう。

だがもちろん私には婚約者などいたことはないし、あるべき歳の頃に私は殿下と交際していた。

「あぁ、ようやく長年の雪辱を晴らせるかと思うと、気分が高揚するな」

腰元の剣を抜き私の首に押し付けた彼が笑う。

「恨むならこの俺を弄《もてあそ》び、捨てた過去の自分を恨むんだな」

あぁ、殺されるのだろうか。こんなに簡単に、こんなにも侮辱されて、こんな知らない男に。この男に指示した『あのお方たち』――黒幕も知らぬまま。

けれどこれ以上、余計なことに巻き込まれて心も身体も疲れてしまうよりはいいのかも、なんて。

（……ならフィルはどうなるの）

私が死んでしまったら、あの子は。

にやりと笑って剣を持ち上げた男に思わず目を瞑《つむ》る。

「……っ旦那様……！」

助けて、セオルド様。どうか守って。私はまだそっちに行ってはいけないんです。

――私が死んだら、あの人は、きっと悲しむから。


「……？」

いつまで経っても痛みはこなかった。

代わりに扉が吹き飛ぶような大きな音がして、それからすぐ「ぶへっ」と何やら汚い声と共に、どさりと何かが床に落ちる音が耳に届く。

おそるおそる目を開けると、そこには。

「……残念ながら俺だ。すまない」

苦笑したエドワードが立っていた。

「エドワード……？」

どうしてここにいるの？

驚きで固まってしまった私はただ彼を見上げることしかできなかった。

「――殿下、ご報告します！」

私の戸惑いを他所に、部屋に入ってきた騎士たちがエドワードの前で跪《ひざまず》く。

「別室にいらしたご子息とダールは無事保護いたしました！　また見張りとして雇われていたらしき賊十四名を確保。また、列車よりここまでお二方を誘拐した賊八名もすでに捕獲いたしました！」

「ご苦労だった。この男も連れていけ！」

「はっ！」

ついほんの少し前まで私を殺そうとしていたガルダとかいう男は泡を吹いて部屋の隅で倒れていた。ピクピクと震えているその身体をさっさと縛り、騎士たちは部屋を出ていく。

「エリーナ、遅くなってすまなかった」

エドワードの手が優しく私の頬に触れた。その体温が私に何よりの安堵を与えてくれる。私の身体にところどころついた傷がまるで自分の傷であるかのように、エドワードは表情を歪《ゆが》めた。

「怪我をしているな、すぐに医者を……」

立ち上がり離れていきそうな彼の服の袖をとっさに掴《つか》んだ。

「待ってください」

医者など後で良かった。今はほんの少しだって一人になりたくないくらい心細かったのだ。

「怪我は大したことありませんから……」

「そんなはずはない！　頬もこんなに酷いことになっている。相当痛かっただろう」

「――え？　頬？」

なんのことだと自分の頬にぺたりと手を当てて思い出す。これは賊に襲われた時にできたものではなく、母の愛の鉄拳である。

しかしながら説明するのは面倒だったので、そういうことにして笑った。

「本当に平気です。それよりもあなたが来てくださるなんて思わなくて」

「ダールだけでは心許ない気がしてな。いや、アイツも腕は立つが一人で二人を守るというのは俺が不安だったのだ。申し訳ないが黙って別にあと二人をつけていた」

私がダールでさえ護衛なんて大袈裟なと思っていたことを知っていたのだろう。

「少しそのままでいてくれ」

背中で縛られた私の腕の縄を彼がぶつりと切ってくれる。ようやく自由になった腕は長い時間拘束されていたせいか、すぐには感覚が戻らなかった。

「フィルは……」

「無事だ、怪我一つしていない。あの子が護衛に気付いて、自分を助けるよりも先に、俺に知らせて増援を連れてくるよう指示したらしい。たった二人であの人数を相手にはできなかっただろうし……本当に聡明な子だ。……あのように育ててくれた公爵に感謝せねばならんな」

エドワードがそんな風に言うのは初めてのことで、さっき私が旦那様と呼んだことを気にしているのかもしれないといまさらながら気付いた。

「すぐに黒幕を吐かせる。とりあえずそなたは早く医者に」

「エドワード」

確かに私が助けてと願ったのはセオルドに対してだったけれど、瞼を閉じたあの瞬間に浮かんだのは、他でもないエドワードの顔だった。

だからこそ目を開けた先に彼がいたことが私には夢のようだったのだ。

「――助けに来てくれてありがとう。あなたが来てくれてとても嬉しかったわ」

「エリーナ」

「本当に、あなたが……」

とても格好良く見えた。あなたが来てくれたから、私は。

「――エリーナ？　エリーナ!!」

あぁ、駄目ね。思ったよりもずっと私は怖かったみたい。彼の体温があまりに安心できるものだったから、つい、そのまま意識を手放してしまった。

＊　＊　＊

医者によれば急に安心したから眠っているらしい。

それを聞いて俺はようやく安堵の息を吐いた。ベッドに横たわる傷だらけのエリーナに目頭が熱くなったけれど、なんとか涙をこぼさないように眉間を寄せる。

絶対に許せるはずがなかった。彼女をこんな目に遭わせたあの男を一発殴れたところで気が晴れるわけがない。これでもし命に関わる怪我でもしていたならあの場で殺していたかもしれない。

彼女が里帰りをすることには俺も賛成だった。俺のせいで両親と疎遠になったと聞いていたし、できることなら俺も共に行って謝罪したかった。しかし公務が押していたのでどうしても不可能だったのだ。けれどせめて帰りくらいは迎えに行こうと、死ぬ気で仕事を終わらせてこちらに向かっていたおかげで助けに来ることができた。

エリーナの眠りを妨げないように静かに部屋を出た俺は廊下にいたダールを睨んだ。

「――申し訳ありませんでした」

こちらが何かを言うよりも先にこうべを垂れたこの男を責めるわけにもいかない。しかし行き場のない怒りはいまだ胸の中に燻《くすぶ》っていた。

「怪我の具合はどうだ？」

ひとまずそう尋ねると、彼は利き手ではない方の腕の包帯をチラリと見て言いづらそうに口を開く。

「腕を折られました。頭は縫いましたが、もう大丈夫です」

しかし、先程エリーナを診た医者は、どちらもしばらくは絶対安静だと言っていた。

ここで大人しく休めと言えない自分がもどかしい。

「この失態は必ず挽回します。……エリーナ様とフィル様を危険に晒《さら》してしまい、本当に申し訳ありませんでした、罰はなんなりと受ける所存です」

再び頭を下げるダールはいつもの軽い空気はどこにもなく、ただひたすら硬い表情で俺の言葉を待っている。

「……一番大怪我をしている奴に罰を与えられるか。それよりも何日あれば動けるようになる？」

「――すぐにでも」

それはその場しのぎの言葉などではなく本心だろう。休みをやりたいのは山々だが、あいにくそうはいかない。

「賊の取り調べをお前に一任したい。できるか」

「はい、やります」

即答だった。迷いがない、だからこそ俺はこの男が信用できるのだ。

俺はもとより人を信用するまで時間がかかる性格だ。それに加えて、ルーカスのことがあってからは一層用心深さが増したことに最近気が付いた。

今日共に来た騎士たちだって信用できない。もしかすると連れてきた騎士の中に黒幕と繋がっている者がいるかもしれない。そんな状態で取り調べを他の者に任せたりできない。

「賊に洗いざらい吐かせろ。命と意識さえあれば指を全て切り落とすなりしてもかまわん、一刻も早く黒幕を見つけ報告しろ」

「――承知」

たとえ相手が誰であれ許さない。その罪を暴き、エリーナの前に跪《ひざまず》かせてやる。

この時、俺は考えもしなかった。

今まで自分に向けられていた悪意が、エリーナやフィルに向けられるようになった

とは。

＊＊＊

目を覚ました私はすでに屋敷に連れ帰られていて、ところどころ痛むものの怪我はほとんど塞がっていた。

取り調べはとうに済んだと聞いてダールを呼び出し、事の一部始終とあのガルダという男について尋ねた。

話はこうだ。

まだ私が学生だった頃、勝手に一目惚れをしたガルダ・ストール伯爵――当時、伯爵子息はすぐに私の実家に縁談を申し込んだ。サブランカ子爵家には破格の好条件を提示した上での申し込みであったが、お父様は「自己や家の利益のために娘を差し出すつも

りはない。好意を持つのならば娘に直接伝えてくれ」と返答したそうだ。

それをどう勘違いしたのか、両親から結婚の許可を得たものと思い込み、あとは私が気持ちを受け入れるだけだと思った矢先に、王太子との交際が噂され、本人たちも噂を否定せず、事実と認めた状態となった。

どういうことだ話が違うぞと当時の伯爵は憤慨したものの、その様子を見ていた先代伯爵から「あの娘は手に入らんから諦めろ、似た女を用意してやる」と言われたそうだ。

一方的な失恋による悲しみは怒りに変わり、先に申し込んでいた婚約を勝手になかったものにされた恨みを募らせながら生きてきた。

そして月日が経ち、王太子と別れたというから今度こそと思った矢先に今度は親子ほど歳の違う公爵に嫁ぎ、挙句に子どもを産んだと思えばそれは王太子の息子だという。

自分の人生を振り回されて許せなかった。そんな折に私とその息子を殺せば宮廷の重職に就けるよう口を利いてやると話を持ちかけられたという。

「――というわけで、また勝手に惚れ込まれてストーカーされてたってだけの話ですね、お疲れ様っす」

ダールは軽い調子で話を締めくくり、私はがっくりと肩を落とした。

「逆恨みじゃないの。そもそも婚約すら成り立っていないわ、冗談じゃない……」

「まぁそうでしょうね。殿下が婚約届提出の記録をそれはもう懸命に調べられましたけど、そんなものは出てませんから」

へらりと笑ったダールは、頭に包帯を巻いているのにもう仕事に復帰したと聞いた。

「あなたは大丈夫なの？」

「えぇ、まぁ。……それより少し、面倒なことになってましてね。人手が必要なんですよ」

「面倒なこと？」

「もし殿下が来たら、アンタからも少し休めって言ってくれませんか」

そういえば目が覚めてからまともにエドワードの顔を見ていない。

助けに来てくれた礼をまだちゃんと言えていなかった。ダールが来たら今どうしているのか聞こうと思っていたのだ。

「殿下は？　そんなにお忙しいの？」

「――えぇ、まぁ」

へらりと笑ったダールは何かを隠しているようだったけれど、なんとなく、聞いても教えてくれない気がした。

「なら……私がお会いしたいと言っていたと伝えてくれるかしら」

「了解です。じゃあ、俺はもう行くんで」

部屋を出ていく前に背筋を伸ばした彼が、セオルドの葬儀に来た時と同じように真面目な顔をして頭を下げた。

「コルサエール夫人。俺がついていたにもかかわらず、怪我を負わせてしまいました。本当に申し訳ございません」

「……何を言ってるの」

ついていくと、黒幕の顔を見てやると決めたのは私だ。他でもない私が、私ではなくフィルを守れと言ったのだ。

「殿下がつけてくれたのが、あなたで良かったと思っているわ。伝言、お願いね」

「……はい」

部屋を出ていったダールを見送り、ふと首を傾げる。ガルダ・ストールに話を持ちかけたのは一体誰だったのかダールは教えてくれなかった。次にエドワードが会いに来た時にでも聞いてみよう。

私がそんな風に呑気に考えている間、エドワードが頭を抱えていたかなんて、知る由もなかった。

「お母様、大丈夫ですか？」

「……ええ。フィル、怖い思いをさせてごめんね」

「僕は大丈夫です」

首を振った我が子の頭を撫でてやると、久しぶりに抱きついてきた。

「怪我はもう良くなりましたか？」

フィルの言葉に頷《うなず》く。何度も殴られはしたけれど、しっかりと医者にも診てもらって口の中も治療したし、腫《は》れはすっかり引いていた。

ただあの日のことがトラウマになり、何度か夜中に目覚めてしまうのは、もう仕方のないことだった。

「殿下が助けてくださったのに、僕まだお礼を言えていないんです。ダールに会いたいと伝えてもらうよう言ったんですが」

「……きっととてもお忙しいのよ」

「殿下が心配です」

「フィル」

眉を下げるこの子を、すぐにでもエドワードに会わせてやりたいけれど、きっと今城に行けば冷たい視線が飛び交うことだろう。関わった者を捕らえるために王城から増援を呼んだし、ある程度話は広まっているはずだ。

「――けれど突然訪ねるのは無礼ですもの、ダールに近いうちに殿下に会えるよう、もう一度取次をお願いしましょう」

「はい！」

嬉しそうに頷《うなず》くフィルに微笑んだが、言い知れぬ不安に視線を逸らす。

窓の外の空は、一雨降りそうだった。


時間さえ作ってもらえるのであればこちらから伺う予定だったのに、城へ遣いを出したその日の夕方にエドワードは自らの足でコルサエール公爵邸へやってきた。

喜んでいたフィルには悪いが席を外してもらったのは、あの日――ルーカスが諸悪の根源だとわかった時と同じ表情をしていたからだ。いや、あの時よりももっと酷い顔だった。

眠っていないのは見てわかったし、ろくに食べていないだろうこともすぐに理解した。

「殿下、わざわざご足労いただきありがとうございます。それから大変遅くなりましたが、あの日助けていただいたこと感謝しております」

「……いや。すまないが、今日のこの時間しか空きそうになくてな」

「そうなのですね。こちらからお伺いしようと考えていたのですが」

「城には来るな」

一言そう呟《つぶや》いた彼の手が真っ赤を通り越して真っ黒になっている。拳を強く握りすぎているのだろう、とても見ていられなかった。

「殿下。手の力を抜いてください、そのままでは……」

「……あぁ」

少しばかり緩めた手を広げようとはしないエドワードに何があったのか聞きたかった。けれど同時に彼が話してくれるのを待ちたくもあった。

「……しばらく俺は外に出られんだろう」

「え……？」

「エリーナ」

何かを決意したようにこちらを見た彼の視線と交わる。

何度見ても彼の瞳は綺麗な色だと思う。

「はい」

「一度だけ、俺の名を呼んでくれないか。昔のように、敬称も敬語もなく、話してくれないか」

あまりに悲痛な顔でそんなことを言うものだから、私はためらわず口にしていた。

「エドワード、……どうしたの？」

何があったの？　それほどあなたを憔悴《しょうすい》させるものは何？

考えてみればダールは決して黒幕について口にしようとしなかったし、伯爵以外の賊についても全く、不自然なほど触れなかった。そして現れたエドワードはこんな状態だ。

嫌でも、城の内部の、それも限りなく彼に近い人間が企てたことだろうとわかってしまう。

「……ありがとう」

私の問いに彼は答えず、そう言ってから両手を組んだ。

大きく息を吸って、吐いて、それをもう一度繰り返してから彼は口を開く。

「君が好きだ、エリーナ」

その言葉に何も返せなかったのは、まだ言葉の続きがあるようだったからだ。

「君を自ら捨てたくせにと思うだろうが、それでも一度たりとも忘れたことはない。フィルのことも愛している。あの子に父と呼ばれてみたかった」

みたかった、と、過去形だった。

「——俺を振ってくれ。もう二度と、君に会いに行くこともここへ来ることもないと誓おう」

私のそばにいたい、そのためにまずは友達からやり直すと言ったのはあなたなのに。二度とこの人とそういう仲になるなんてあり得ないと思った。それでも友人として付き合いを持つことを拒まないのはフィルのためだと考えていた。

けれどいつしか二人が話す姿を、笑う姿を見るたび、似ているという事実を穏やかな気持ちで眺めていたのはどうしてだろう。

「告白した時から望みがないのはわかっていた。もう、待ち続けることは俺にはできない」

「……それは、これからも友人としてそばにいると私が宣言するということですか？」

「そうじゃない。もう、会いに来ないと言ったただろう」

あぁそうだ、確かに言った。だからこそ意味がわからなかった。

どうして？　何があったの？

「――理由をお聞かせ願えますか？　突然そのようなことを仰《おっしゃ》る理由を」

「……そんなもの、別に」

「あるでしょう？」

なければそんな顔をしないはずだ。

こんな話を、久しぶりに会った私に持ち出す理由がないはずがない。

「言っていただかないとわかりません」

「……エリーナ、俺は」

　助けてと願ったのはセオルド様に対してだったのに、私が死んだ時に悲しむだろうと彼の顔が浮かんだのはどうしてなのか、その理由をもう私は認めていた。

「あなたはまた私と向き合うことからお逃げになるのですか？」

「っ……君が」

　泣きそうな顔で口を開いたエドワードが言葉を放つ。

「俺は、君が大切だ」

「ええ」

　知っている。そうでなければ、自ら助けに乗り込んだりしないだろう。

「フィルのことも大切だ。今までのことを知られて、たとえ軽蔑されても、仕方のないことだ」

　けれど、と拳をまた強く握った彼が続けた。

「俺には結局人を守るだけの力がなかった。俺のそばにいる限り、どんな関係だろうとこの前のようなことは起こるだろう」

「――エドワード」

「今なら、何も知らなかったことにできる。フィルの出生だって、今なら皆の口を塞げる。なんとしてもそうしてみせる」

「あなたはそうなさりたいのですか」

「……そうじゃない、だが」

もうどうすれば良いのかわからないんだと頭を抱えた彼は、みんなが囁《ささや》くような理想の王太子ではなかった。ただ受け止めきれない現実から逃げてはぐらかしている人にしか見えなかった。

きっと、彼から見た私もそうだろう。

「俺のせいで二人を失ったら、生きていけない」

「そのために二度と私にもフィルにも会わないと？」

「本当に愛している。だから、元気で暮らしているという事実さえあれば、俺は心穏やかに生きていける」

「……わかりました」

なるほど、よくわかった。よくわかりました。あなたが何も変わっていないことが。

「あなたが私を侮辱なさっているのは、よくわかりました」

「なっ……違う！　何故そうなるんだ？　侮辱など……！」

「私がいつあなたに守ってほしいと頼みましたか？」

恋人であった時も、王太子の寵愛《ちょうあい》を欲しいままにする女だのなんだのと噂されていたけれど、私が何かをねだったことなどなかった。

ただそばにいられたらそれで良かったのに。

「お帰りください。お話しすることはもう何もありません」

「エリーナ！」

「私はあなたの暇潰しの道具じゃありませんわ。あなたの言うことなら、どんなことでも受け止める覚悟はありました。けれど、あなたは何も言おうとしない。私のことを信頼していらっしゃらないのはよくわかりました」

「そんなわけないだろう？」

「でなければ、何も言わずに全てを終わらせる理由が他にありますか？」

きっと私は今、かつてないほど冷たい視線を彼に向けているだろう。

「——君が好きだ」

「もう聞き飽きました」

「愛している」

「それも聞き飽きました」

「ならこれ以上、何を言えばいい？」

「そんなの」

そんなことは自分で考えることでしょう？　どうしてあなたはいつも私の出方を窺うの？

「良いことを教えてさしあげます」

あなたは私を尻軽のように言っていたけれど、私の身持ちはそんなに緩くはない。

「旦那様をお慕い申しておりました。全てを失ったと思った私の恩人で、フィルが自分の子ではないとわかっていても父と呼ばせ、愛してくださいました」

「っ……それは」

「生まれる前からあなたの子だとわかっていたのに、私とセオルド様の間に子どもが生まれることはあり得ないとわかっていたのに」

「……え……？」

どうせあなたは、私があなたの子だと知らずに産んだのだとでも思っていたのでしょう？

「それがわかっていてどうして産んだと思いますか？」

セオルドが産めばいいと言ってくれた。

堕《お》ろすことだってできたのに、私がそうしなかった理由。

「なんの情も湧かない人の子どもを、そんなに簡単な覚悟で、産めるとお思いですか」

酷い難産だった。頭は割れるほど痛くて、今にも意識が飛びそうなのに、そうできない苦しい時間だった。

けれど生まれた瞬間、泣く我が子を手に抱いた時の感情はいまだに忘れない。

覚悟をした。何があろうと、フィルを守る覚悟を。そしていつかくるであろうこの時に、自らの行動に責任を持ち、命をもって償《つぐな》う覚悟を。

「すぐにあなたと結婚したいなんて思えません。それには、時間が経ちすぎましたから」

「エリーナ」

「けれど、あなたのそばにいたいと今は思います。あなたとフィルの成長を見届けたいとも。……今は、それだけでは、駄目ですか」

綺麗に光に透けるその髪がフィルにも受け継がれた時、これから待ち受けるであろう困難よりも、喜びが勝ってしまった。

今の気持ちを尋ねられてもわからない。

けれど少なくとも、あなたのそばにいたいと思った。あなたの好意を嬉しいものだと受け取る自分がいた。

今は、ただそれだけなのだ。

自分の大切な二人を襲った賊を捕らえたエドワードは帰城して間もなく、男の言葉を聞いて酷い目眩に襲われた。全身の血が抜けていく気がしてその場に立っているのもやっとだった。

＊＊＊

「殿下……！」

慌てて自分の身体を支えたダールの手を押し返し、震えそうになる足を叱咤した。

「今、なんと言った？」

牢の中でニヤニヤと汚らしい笑みを浮かべたのは、腹立たしいことにエリーナを殺そうとした挙句に何度も暴行を加えた男だ。

どうやらこの男も他の者に指示されていたという報告を受けたので、直々に問い質《ただ》してやろうとこんなところへ来たのが間違いだった。感情を悟らせないようにするのは大の得意であるのに、これればかりは動揺の隠しようがなかった。

「私にこの話を持ってきたのは他でもない殿下の母君、王妃様ですよ？」

脳裏に浮かぶのはあの女の顔だ。

俺の産みの母親が亡くなってすぐに後釜に就いた、母親になるには若く、王妃になるにはあまりに業の深い女。

「──またアイツか……！」

過去幾度となく命を狙われた。

なんの証拠も残さず、残したとしても決して自分の尻尾を掴《つか》ませない女。

「殿下、これは陛下に報告すべきです！」

「ははは、陛下がお知りになったとて、同じことですよ？」

汚い顔で汚い唾を飛ばしながら男は大笑いした。

「落とし胤《だね》が殺されかけた程度で、王妃様を弾劾できると思いますか！　あんな女が死んだところで誰も困りはしないというのに！」

「黙れ！」

「聞きましたよ、いまだにずいぶんとあの女にご執心のようじゃあないですか！　でもあなたたちが一緒になれることなどない、もしあの女を娶《めと》ったとて、すぐに殺されるだろうな！　ざまあみろ！」

「黙れと言ったのが聞こえなかったか？」

牢屋の檻《おり》の隙間から男の顔に蹴りを入れると、やはり汚い声を出して地面にうつ伏せた。

「――殿下、少しお休みください」

ダールの言葉に、もう頷《うなず》く余裕もなかった。

王妃は昔から俺が気に入らなかった。前妻の子だということもあるだろうが、今の王妃に反発する前王妃派を俺が率いていると考えたのだろう。

人を殺そうとしておきながら、変わらぬ笑みを浮かべるあの女の顔を一瞬たりとも見たくなくて距離を置いていたが、いまさらまた俺の前にしゃしゃり出てくるとは。

「殿下、もうずっと休んでいらっしゃいません。ひとまず少し仮眠を」

「……俺のせいか」

俺がいたから、エリーナはあんな目に遭わなければならなかったのか。

顔は腫《は》れ、口から血を吐いて、手は傷だらけで、フィルにまで怖い思いをさせてしまったのか。

「俺が、そばにいたいと願ったからか」

幼い頃の側近は理由をつけて飛ばされた。昔と変わらず残ったのはルーカスだけだったのに、彼もまた、俺から大切なものを奪った一人だった。

「……俺が……」

俺が何かを願えば必ずと言っていいほど、最悪の事態になる。この呪われた血は何より大切な彼女たちを守るどころか、何度も危険に晒《さら》す結果をもたらす。二度も俺のせいで二人を命の危険に晒《さら》したのだ。

コルサエール公爵ならばこんなことはなかったのだろう。

「……二人の容態は」

「もう屋敷でいつも通りの生活を送られていると。夫人も坊っちゃんも殿下にお会いして礼を言いたいと仰《おっしゃ》ってました」

全ては俺が原因なのに、あの女に目の敵にされている俺のせいでこんな目に遭ったのに、礼なんて言われる理由がない。どんな顔で会いに行けるだろう。

何も言えなくなって俯いた俺の肩を軽く叩いてから、ダールは静かに部屋を後にした。

「……そう」

＊　＊　＊

急遽城に帰らねばならなくなったエドワードの代わりに、事の顛末《てんまつ》をダールから聞き、私は妙に納得していた。

今の王妃が反王太子派なのは周知のことであるし、もちろんエリーナも理解していた。彼が昔から王妃と折り合いが悪いことも、毛嫌いしていることもよく知っていた。

「殿下を気に食わないのはもちろんですけど、国母となるだけでは気が済まないんでしょうね」

今の王妃が子どもを産むことは、おそらくないだろう。現国王である陛下はもうお年を召しておられるし、嫁いでから一度も懐妊の兆しはなかったという。

「――私が産んだ子どもがさらに殿下の地位を固めたと思われたのでしょうね」

「おそらくは」

「……王妃様が指示なさったという証拠は？」

「あの男の証言だけっすよ。多分今回ものらりくらりとかわされるでしょうね」

今までもそうでしたから、と顔を曇らせたダールも思うところがあるのだろう。

「こんなこと、俺が言うのもなんですけど……あなただけは殿下の味方でいてくださいね」

「なによ、急に」

「俺はあの人の側近ですが、命令でしか動けません。俺の意思で味方にはなり得ないから」

「――味方になれるかどうかは知らないわ。私はあの人を恨んだこともあったし、嫌いになったこともあったけれど」

忘れられず枕を涙で濡らした夜もあったし、夢に出てきて苦しめられたこともあった。けれど、今となってはそれら全てを含めても、あの人のそばにいたいと思う。

「……。不器用で、まっすぐで、頑固で、王太子としてあるべき姿になろうと血を吐くような努力をしていたあの人を、私は今でも変わらずに尊敬しているわ」

「それでいいんだと思いますよ。とりあえず良かったのは、アンタが二度と殿下に近付くなって言わなかったことですかね」

「私が？　どうして？」

「だって殿下のせいでこんな目に……」

「殿下のせいじゃないわ」

原因となったのは彼だとしても、あの男が私を狙った理由はエドワードではないし、エドワードのせいだと考えたことはない。

「そんな風に言うような女だと思われていたのなら心外だわ」

「あ、いや。そういうわけじゃ」

気を悪くしたならすみません、と謝ったダールに首を振り、私は小さく息を吐いた。

「近いうちに王城へ行くわ」

「え？　いや、やめといた方が良いかと……」

「もう白い目で見られるのは慣れたわ」

「殿下にお会いになりたいのなら俺に言ってくだされば」

「殿下じゃないわ。――国王陛下にお会いするの」

私にできることはこの屋敷にこもることでも、殿下を励ますことでもない。

自分に向けられた刃の礼を、自分で返すことだった。


「久しぶりだな。元気にしていたか」

テーブルに置かれたティーカップを持ち上げた国王は視線を巡らせて尋ねた。突然の訪問にもかかわらず、快く応じてくれた国王がちらりと部屋を見渡す。

「今日はあの子は連れてこなかったのか」

「はい。今はあまり、連れてこない方が良いかと思いまして」

黒幕はさておいても、王太子の落胤《らくいん》であるフィルが襲われたというのは瞬く間に広まってしまったし、あんなことがあってすぐに連れ歩くほど馬鹿ではなかった。

「その方が良いな。何も知らぬ子どもには、ここの空気は冷たく鋭すぎる」

「その通りでございます」

「私も会いたいのだがな、どうにも会わせてもらえん」

「落ち着いた頃に、また顔を出させるようにいたします」

　フィルを遠目に見る時のあの優しい目が嘘だとは思わなかったし、きっとフィルの味方になってくれるだろうことはわかっていた。

「お忙しい中、急遽時間を取っていただきありがとうございます」

「かまわん。何かあれば頼れと言っただろう」

　首を横に振る国王陛下に言うべきことは考えていたはずなのに、いざ前にすると不安が胸をよぎった。国母たる王妃が、陛下の妻が事件の元凶だなんてなんと伝えれば良いのだろう。

「――夫人の言わんとしていること、おそらく私もわかっておるつもりなのだがな」

「……と仰《おっしゃ》いますと」

「アレとは、政略結婚だった」

　暗に王妃を指す言葉に私は息を呑んだ。

「……一人目の妻も似たようなものだったがな。それでもエドワードの母親はアレとは違って穏やかな人間だった」

ふうっと息を吐いた国王に、私はなんと返せば良いのかわからなかった。

「陛下は……もうすでに全容を把握しておられるのですか？」

「私は国王だ。全てを知る義務がある」

たとえエドワードが従者に口止めをしたところで、この方の前では無意味だろう。

「では私から尋ねよう。私はてっきり、そなたがエドワードに二度と接近するなと告げると思ったのだがね。何故ここに、私に何を言いに来た？」

その表情は一気に国王のものに変わり、まとう空気が私の身体に刺さった。

私はそこまで薄情な人間に見えるのだろうか。

「私は、指示なさった方を裁くことは望んでおりません。そんなことをしても殿下にとって望ましい結果にならないと理解しております」

ダールの言う通り証拠などまともに出ないだろう。ルーカスとは全く訳が違う相手だし、国母を確たる証拠もなしに、証言だけで裁くなど反発が起こるのは明らかだ。

ただでさえ突然明かされたフィルの存在に社交界が騒《ざわ》めいているのに、そのせいでまた騒ぎを起こせば反感を買うだろう。

「……殿下との関係は一度殿下が始め、終わらせました。ですから二度目は私のタイミングで、私が選んで始めます」

「それが少し遅ければ、互いに無傷では済まんと思うが？」

「私の勝手な願いです。――私は殿下をお守りすることはできません。ただ、たとえ望まれなくとも心はそばにありたいと思います」

「ほう？　それを言うためにここへ？」

「いいえ」

憔悴《しょうすい》しきった彼を見て、味方であってくれと悲痛な顔をするダールを見て、嫌でも思い知った。死ぬまで想い続けるのは旦那様への感謝の念だと思っていた。

けれど、実際に殺されかけて脳裏に浮かんだのは、たった一人。

たとえそれがただまっすぐな愛ではないとしても、これも立派な愛ではないのか。そばにいたいと願う、あの人を一人にはしたくないと思う、この感情は。

「国王陛下から王妃様へお伝えください。いたらぬことが多い下位の出の娘ですが、いつかご挨拶に伺います。それまでなんらお気に病むことなく、穏やかに見守っていただけると幸いでございます、と」

「……王妃に喧嘩を売るか」

面白そうに笑みを浮かべた陛下に、にこりと笑い返す。

「私のような者が王妃様に喧嘩を売るなどと、そのようなことは。ですが、そうですわね……」

少し考える仕草をしたがわざとらしかっただろうか。

「お届けいただいたものは確かに承りましたと。お伝え願えますか？」

私に向けられたその殺意は、確かに受け取った。

「良かろう！　今日にでも伝えてやる。……それにしても良くできた奥方だ、公爵の後ではエドワードが幼稚に見えるのではないか」

「比べたことなどありません」

「そうか。では私も、そなたがその足でここへ来る日を気長に待つとしよう」

「感謝いたします」

王妃がどういう反応をするのかはわからない。ただ刺激するだけかもしれない。

それでも何もせずにいられなかったのは、死への恐怖と、エドワードに向けられた殺意を放置できなかったからだ。

エピローグ　花言葉の意味

結局のところ、予想通り王妃が直接裁かれることはなかった。公爵夫人とその息子に危害を加えたという罪で処罰されたのはガルダ・ストール伯爵と私たちを拘束した男たち、それから汽車から私たちを誘拐した者たちだけだった。

処分は爵位剥奪や労役を命じられていたり、何も知らず金銭目当てで仕事を引き受けただけの数名は罰金と少しの懲罰で済んだと聞いた。

あれから気が付けば一年が経とうとしていたが、王妃が表に出ることはめっきりなくなり、託した伝言への返事は特になかった。

「お誕生日おめでとうございます、殿下っ！」

満面の笑みで綺麗にまとめた花束を差し出したフィルに、エドワードはそれは嬉しそうに顔を綻《ほころ》ばせた。

「ありがとう、フィル。綺麗な花だな」

「僕が育てたんです！　前にお約束したでしょう？　殿下のお誕生日に一番綺麗に咲くように、庭師たちと世話をしていたんです！」

「とても嬉しい、他のどんなものよりも最高の贈り物だ」

穏やかな表情でフィルの頭を撫でたエドワードは、ここ一年で少しばかり伸びたフィルの身長に目を瞬かせた。

「少し会わないうちにまたずいぶん背が伸びたんじゃないか？　そろそろ新しい服を仕立てなくてはいけないな」

「そうなんです！　そうだ、殿下が僕の服を見立ててくださいませんか？　ねぇお母様、いいでしょう？」

こちらを振り返った息子は、日を追うごとに目の前の彼にそっくりに育っている。

「――ええ、いいわよ。けれどフィル、今日は殿下のお誕生日なのよ」

街は色とりどりに飾り付けられ、賑わいと活気で満ちている。夜にはこの城でパーティーも開かれるし、本来ならば彼はここでゆっくりしていられるような人ではない。なんといっても主役なのだ。

最近は忙しそうだったので、少しの時間も会うことは控えていた。今こうして私たちと過ごす時間を取るため、かなり無理をしたことはわかっていただけに申し訳ない。

「殿下、僕にしてほしいことは何かありますか？」

「そうだな……」

思案するそぶりを見せた彼が首を横に振った。

「ただ元気でいてくれたらそれでいい。それだけで十分だ。落ち着いた頃に三人で旅行に行こう」

この一年、私たちは今までの時間を埋めるようにたくさんのことをした。友人として共に出かけた。博物館にも美術館にも行ったし、街へ買い物に出たりもした。

来年の春からフィルが通うことになった懐かしい私たちの母校にも行ったし、少し前には満面の星空が見たいと言ったフィルを連れて遠出もした。

いつか共に君の故郷に行きたいと言ってくれたエドワードは、まず君の母に認められなければと言い、鉄拳を受ける準備はできていると笑った。

たった一年間、けれども少しずつ私たちは歩み寄った。

ゆっくりと、辛い記憶は消えずとも、本当に少しずつ。

「父と呼んでほしいと言いかけてしまった」

本を読んでいるフィルを遠くから眺めながらエドワードは苦笑した。

「今年はこうして二人に祝ってもらえている。これほど幸福なことはないのに、さらにその先を望んでしまうとは……俺は本当に仕方のない奴だな」

「そんなこと……あの花、殿下の誕生日にどうしても贈りたいってあの子が私に内緒で世話をしていたものなんです」

「そうなのか」

早々に花瓶に生けられた花を見て私は小さく息を吐いた。

どうやら彼はまだ気付いていないらしい。

「あの花の、花言葉をご存じですか？　あの花を贈るには理由があるようですが」

「いや……すまない、花には詳しくなくてな。花言葉か、どんな意味なんだ？」

「――ご自分でお調べになった方がいいかもしれません」

私の口から説明することほど無粋なことはないだろう。

にっこりと微笑むと、彼は相変わらず照れたように笑った。

「そうか、エリーナがそう言うのならそうする。……今日来てくれて、祝ってくれて本当に嬉しい。贈り物も大切に使う」

私からは無難に、彼が貰っても困らないだろうペンを贈った。けれどフィルからの贈り物を見るとなんだか酷く陳腐に見えるから、本当に敵わないなと笑う。

この人はその花の意味を知ればどんな顔をするだろう。

わからないけれど、きっと、驚くだろうし泣いてしまうかもしれない。


二人と同じ髪の色をした綺麗な花。

尊敬、高貴、子から親への愛。

「お母様。僕もう、わかるよ、お父様が誰なのか。どっちも大切な僕のお父様だもの。だからもう隠さなくて大丈夫だよ。……殿下は僕がお父様って呼ぶことを許してくれるかな?」


誰かがフィルに教えたわけではなかった。けれど自分で気付いたこの賢い子は、その言葉で私のことを救ってくれた。

まだフィルには理解できない大人の事情があるだろうことを汲《く》んだ上で、大丈夫だと私に笑いかけてくれたのだ。

それほど美しい贈り物を自らの手で育てていたフィルに私の涙は止まらなかった。

＊　＊　＊

「王太子殿下、お誕生日おめでとうございます」

これで何度目かわからない祝いの言葉にいい加減うんざりする。

しかし挨拶に来る臣下はまだ絶える様子はない。

「ありがとう」

昨年はあっという間だったのに、今年はこんなにも長く煩《わずら》わしい。

きっと部屋で待ってくれているエリーナとフィルに会いたくてたまらないからだ。

大体どうして誕生日なのに俺はこんなところで愛想を振りまいているのだろう。

誕生日くらい好きに過ごさせてくれなんて口にできるはずがないので大人しく会場に留まっているが……

さっき会ったばかりなのに二人の顔を見たい。

エリーナが俺に屈託のない笑顔を見せてくれるようになったのはつい最近の話で、それを向けてくれるだけで十分すぎるほど幸せなのに今年は贈り物にペンまで貰ってしまった。青い軸の美しいそれを胸元に挿しているとなんだかもう心が満たされて、つい顔がにやけてしまう。

「殿下、気持ち悪いですよ」

あんまり表情が崩れたせいか近くにいたダールがそう声をかける。

「ちょうどいいところにいるから教えてやる、このペンは……」

「エリーナ様から貰ったものだってのはもう六回聞きましたし、そんな目立つところにペンと花なんか挿してたらみんな察しますよ」

「なら七回目も聞け。この花にも意味があるらしくてな、さすが俺の息子だ。趣のある贈り物だと思わないか」

「はぁ、それを後で図鑑で探すの手伝えって話ですよね。それは五回目です」

呆れたような表情をするものの俺は何度話したって足りなかった。早く花の意味を知りたい。

「ダール」

「なんですか？」

「俺は腹が痛い気がしてきた、父上に挨拶だけして抜けるぞ」

「――ど下手くそな仮病ですね……」

そうは言うものの止めないお前も同罪だと笑って俺は父王のもとへ足を進めた。誕生日にエリーナやフィルから祝ってもらえることをどれほど楽しみにしていたか知っているからか、ダールは決して邪魔はしなかったし会う時間を作るためにそれなりに仕事も引き受けてくれた。

「父上、体調が悪いので俺は下がります」

席に戻るなりそう言った俺に父王は怪訝《けげん》そうな顔をしたものの会場をぐるりと見回して、ああ、と納得したように頷《うなず》いた。

「下手くそな仮病だな。もっとマシな言い訳はなかったのか」

どうやらこちらにもバレたようだが全く気にならない。

「なんのことかわかりませんが」

「ふ……まあいい」

目を細めた父王の顔をまともに見たのは久しぶりで、なんだか記憶にあるよりもずっと老けて見える。

「ずいぶんと仲良くやっているようだが、いい加減に受け入れてもらえそうなのか？」

尋ねられて一瞬言い淀んだのは、ここ最近はずっと住まいにこもっていた王妃が珍しくこの場にいたからだ。例の一件を父王の耳に入れたものの話はしたからと大した処罰をくださなかったことを俺はいまだに根に持っていた。

「――それはわかりません。気長に頑張ると決めているので」

子どものままごとような恋愛だと笑われても良かった。

今はただ二人がそばで笑ってくれるだけで良い。

挨拶も済んだしさっさと部屋に戻って二人と過ごそうと足を踏み出した時だった。

「……珍しいものを身につけているのね」

耳を疑ったのはそれが王妃の言葉で、間違いなく自分に向けられていたからだ。

「俺が花を身につけているのがそんなにおかしいですか？」

お前に関係ないだろうという意味を込めて睨みつける。昨年のエリーナの帰郷の際の一件を忘れたとは言わせない。

「おかしいとは言っていないでしょう。……殿下は見るからに花に疎そうですもの、こんなところで呑気に時間を過ごしているのも頷《うなず》けるわ」

何が言いたいのかわからないが、馬鹿にされていることだけはわかる。

罵《ののし》る言葉が頭に浮かんだが、それを口にするより先に王妃がふいっと視線を逸らして言った。

「その花は敬愛の念や尊敬を示す時に贈られるものです」

「……そうですか」

調べることを楽しみにしていた花の意味を王妃の口から聞いてしまったことが厭《いと》わしい。せっかくの祝いを汚された気分だ。

「では俺はこれで」

「青い花なら、街で子どもたちが親への感謝や愛を伝える時に贈るそうですよ」

「……は……」

親への感謝や愛？

そんなはずがない。だってフィルは何も知らないのだ。

いつかは話さなければならないとわかっていたけれど、今はただエリーナの友人として接している。

「短絡的な殿下のお子にしてはずいぶんと粋なことをしますのね。育て親が良かったのかしら、私に宣戦布告をするくらいだもの」

王妃の言葉の意味がわからず眉を寄せる。宣戦布告とは一体なんのことだろう、もしかしてまだエリーナのことを傷付けようとしているのか。

しかしそんな心配は無意味とばかりに王妃は鼻で笑った。

「肝の据わった方ね。あいにく私は勝てない喧嘩はしない主義なの、お返しは結構だと伝えて。もうあなたにも彼女にも興味はないからお好きになさればよろしいわ」

「……そんな言葉を信じられるとでも？」

「どう捉えようと結構よ。けれどここにいたって時間の無駄でしょう。私はあなたが嫌いなの、早く視界から消えてちょうだい」

このパーティーの主役になんということを言うのだろうとは思ったが、消えてと言うなら遠慮なく消えてやる。

「――どういう風の吹き回しなんですかねぇ」

共に会場を出てきたダールの言葉におおむね同意だが、いつも彼女から向けられていた悪意はすっかり感じなくなっていた。

それよりも今は、王妃のことよりも胸に挿した花が気になってならなかった。

長い廊下を歩き二人がいる部屋に一歩近付くたびに心臓がどくんどくんとうるさく鳴り響く。

部屋の扉の前に着いた時、俺の手は震えてとても開けることができそうになかった。

なんとか落ち着くために深呼吸をしたけれど、とても冷静でなどいられない。

「なぁ、ダール」

「はい？」

「俺は、望んでも良いのか」

ずっと願っていたことだ。けれどその願いを口にすることさえ憚《はばか》られるようなことをしてしまったから、そばでずっと成長を見守れたらそれだけで満足だと思っていた。

「あの子に父と呼ばれることを、これ以上を、もう、望んでも許されるのか」

満面の笑みでこの花を渡したあの小さな手が緊張で震えていたこと、どうして今になって気付くのだろう。

「——えぇ、許されるんじゃないですか。殿下なら大丈夫ですよ」

その言葉を皮切りに俺は部屋の扉を開けた。

扉の向こうに二人の姿があるだけで涙が出たのに、小さな身体で駆け寄ってきたフィルが俺をお父様だなんて言って笑うから、また溢れたものが止まらなくなった。

＊＊＊

国王はエドワードの後ろ姿を見送った王妃に言葉をかけた。

「どういう風の吹き回しだ？」

それはエドワードの誕生日を祝うこの場所に顔を出したこと、もしくは花言葉の意味を教えたことのようにも受け取れた。

「――どうやら陛下は、私が企みでもないと殿下に声をかけることはないと思っていらっしゃるようですね」

「滅多なことを言うな。誰が聞いておるかわからぬぞ」

それなら初めから尋ねなければ良いのに、と言いたげな顔で王妃は視線を逸らした。

まだ年若い彼女は国王と並ぶとまるで父娘のように見える。

「大した理由はありません。先程も言いましたが、もう興味がありませんから」

「――エドワードの恋人には勝てぬと思ったか」

「ええ」

王妃はつまらなさそうに、しかし迷いなく肯定した。

「私は小心者ですもの。……そもそも陛下の妃に向いていなかったのでしょうね」

「……そなたは若いからな。退屈であろう」

「ええ、とても。それに窮屈な場所ですわ。一時はこんな場所へ担ぎ上げた父を恨みましたが……今となってはどうしようもないことですから」

遠い目で言った王妃の瞳はどこか空虚で、何も写していないようにも窺えた。

「そなたが輿入れしてきた時、申し訳ないことをしたと思った。まだ若いそなたにはやりたいこともあっただろうに、こんな老いぼれの相手をさせるのはとな」

　王妃は国王の言葉に一瞬だけ驚いた表情を見せ、それから懐かしむように目を細めた。

「幼い頃、貴族らしかぬことをするのが好きでした」

「……どういうことだ？」

「作法もマナーも忘れ、町娘のように質素な服で、私の正体を知らない友人と心ゆくまで遊んでいました。父は気に召さなかったようで、知られて以来供をつけぬ外出を禁止されましたが……私は羨ましかった。周りの子たちが自由に見えました。けれど私には全てを捨ててその生活に飛び込むだけの勇気も度胸もありませんでしたし、何より父に反するだけの気概もありませんでした」

　王妃がいつになく饒舌だったのは酒がほんの少し入っていたからかもしれない。しかし彼女がこんなに自分の思いを口にするのは、王妃の地位に就いてから初めてだった。

「あの花は昔、友人たちが豊作祭に乗じて日頃の感謝を親に伝えると贈っていたのを思い出しただけです。私も父に渡したことがありましたが、平民の真似事をするなと目の前で踏みつけられてしまいました。……昔から自分ばかりが不幸とでも言いたげな殿下のことは今も変わらず嫌いですが、意味も知らないうちから自慢げに胸に挿して、教えてさしあげたらあんなにも慌てて走っていったのを見て……ほんの少し救われた気になるのはどうしてでしょう……」

そう呟《つぶや》いた王妃に、誰も、何も言うことはなかった。

＊＊＊

部屋に戻ってくるなり涙を流し、その後のフィルの呼びかけでどうしようもないほど顔をぐしゃぐしゃにしたエドワードに私はたまらず笑ってしまった。

「笑うことないだろう」

ようやく涙が収まり、膝の上にフィルを乗せて抱きしめ離そうとしない彼は不服そうに眉を寄せた。

「だって、あなたがそんなに泣いてるところ初めて見たんですもの」

「……こんなに嬉しくて泣くのは生まれてから今日が初めてだ」

こんなに泣いて顔が崩れても格好良いのだから本当にずるいなと私は横顔を見つめた。

「あら、そういえばパーティーはどうなさったのです？」

主役がこんなところにいていいのだろうかと首を傾げると彼は大丈夫だと言った。

「王妃が……そういえば王妃と何か関わりを持っていたのか？　訳のわからないことを

言っていたんだ。勝てない喧嘩はしない主義だとか、お返しは結構だとか……」

それがなんのことか私にはすぐにわかった。

「……そうですか」

向けられた殺意は確かに受け取ったと伝えた。しかしそのお返しを要らない、喧嘩はしないと言うのなら、もう再び浅はかな企みはしないだろう。

「それなら安心です」

「安心？　何がだ？」

「殿下はお気になさらず」

「そう言われると気になるんだが」

「――覚悟をしただけですから」


あの日、ルーカスの企みで私はエドワードの隣にいるだけのことがどれほど大変なのか思い知った。セオルドと結婚して、寡婦《かふ》になって、彼の遺言があってもまだ覚悟はできなかった。

昔のように盲目的にエドワードを愛しているかと言われたらそうではない。ただ一時はエドワードを過去の思い出の中の人間に留めていたのが、今は共に生きたいと、共にフィルの成長を見守りたいと、本心からそう思う。

「殿下の御公務が落ち着いたら一緒に旅行に行きましょうか、前に星空を見に行ったのよりもう少し遠出になりますが」

「それはいいな、どこか行きたいところがあるのか？」

「ええ。けれどあなたには少し退屈な場所かもしれません」

眠くなったのだろう、フィルがうとうとし始めた。そんな姿すらエドワードに似てとても可愛らしい。

「俺はエリーナとフィルがいれば退屈なんて感じないしどこにだってついていく」

「本当ですか？」

「あぁ。明日からすぐに準備を始めよう」

まだどこに行くかも話していないのに今から楽しそうなエドワードにくすくすと笑って、私もいい加減に覚悟をした。

「イーストタウンよりもっと東にある田舎町です。自然以外に何もない場所だからあなたにはとても退屈な場所かもしれませんけれど……私の自慢の故郷です」

空気が美味しくて、動物がたくさんいて、美味しいものがたくさんある。

ついでにこの人は鉄拳を貰うかもしれない。

「フィルの父親で私の大切な人だと、両親に紹介させていただけますか？」

尋ねた私に、彼は一度止まったはずの涙をまたこぼして大きく頷《うなず》いたのだった。

私は一度目の結婚を忘れることはない。幸せに溢れた日々だった。けれど、きっと、二度目の結婚はそれ以上に幸せになれるだろう。

全ての人に祝福される結婚などない。批判も浴びるかもしれない。

それでもあなたの隣にい続けるために、あなたが努力してくれた分だけ私も努力しよう。

共に生きて共に死にたいと思う人と、絶対に守らなければならない人がいるのだから。

番外編

覚悟をしたその後で

心地のよい音が耳の奥に馴染む。ゴトンゴトンと一定のリズムを刻むそれは私の意識を深いところへ誘ったけれど、ふと私の髪に触れた優しい手にゆっくりと瞼を開く。

「……すまない、起こしたか？」

向かいに座っていたエドワードが申し訳なさそうにこちらを見ていた。まだはっきりしない頭の中で彼に返す言葉を考えたけれど、寝起きのせいかうまく言葉は出てこなかった。

「まだしばらくは着きそうにない、もう少し眠っていても大丈夫だろう」

そう言って汽車の窓の外を確認したエドワードに緩く首を横に振る。

「もう大丈夫です、目が覚めましたから」

「疲れていたんじゃないのか？　フィルから昨夜遅くまで起きていたと聞いたが」

「ええ、少しやることがあって……」

今回エドワードを連れてフィルと私の三人で実家に赴くことになったのだが、屋敷を空ける前にたくさんやっておくことがあった——というのは言い訳で、緊張でろくに眠れそうにないのを、用事を済ませることで誤魔化そうとしたのだ。

「フィルはどこに……？」

姿が見えない我が子のことを尋ねると隣の車両を指差した。

「ダールたちが相手をしている。気を利かせて俺たちを二人きりにしてくれたらしい」

「あら……ごめんなさい、私ったら」

すっかり眠りこけていた自分が恥ずかしい。エドワードは私を見て優し気に瞳を細めた。

「かまわない。エリーナの寝顔を見つめているだけでも、俺は幸せらしい」

あの誕生日に私の大切な人だと言葉で伝えて以来、彼はもう一切の遠慮をすることなく甘い言葉を日々囁《ささや》いてくる。

「またそんなことを仰《おっしゃ》って……」

「本当のことだ。それにそなたは信用していない人間の前で決して隙を見せないだろう？　こんな無防備な寝顔を見せてもらえるのが嬉しくてたまらないんだ」

こういう時、私はなんと返せばいいのかわからなくなってしまう。

昔であれば砂糖のように甘い愛の言葉を返せたのかもしれないが、恋愛から縁遠くなった今ではそれを口にすることは憚《はばか》られた。

「……あまり気を緩めないでおこうと思っていたのですけれど、いけませんね。あなたと一緒だと安心感が増してしまって」

それが今の私に返せる精一杯だったけれど、彼はお気に召したようだ。

「今日は汽車を借り切ったし、十分なほど護衛をつけている。何もないことが一番だが、何かあれば俺が命を賭してでも二人を守るから安心してくれ」

一国の王太子が恋人とはいえ、まだ正式に婚約者でもない女のために命を懸けるなんてあってはならない。けれど彼の言葉が本心であることはよくわかっていた。

「それはダールに任せて私たちは逃げましょう」

「なんだ、俺の剣の腕は確かだぞ?」

「よく知っております。けれどもう大切な人を失うのは嫌ですから……殿下は私より長生きしてくださるんでしょう?」

「そのつもりだ。俺が死んだ後にそなたが他の男に奪われるのは嫌だからな」

「ふふ、その頃にはすっかり年老いて誰にも見向きされなくなっているでしょうね」

「俺はいくつになってもそなたをどうしようもないほど愛している自信があるぞ」

張り合うように答えた彼にくすくすと笑いが漏れる。この人とこんな風に未来の話ができるようになるなんて思わなかった。

「まあ、そのためにも今回の挨拶を乗り切らないといけないな」

「あら……緊張なさっているんですか？」

「当たり前だろう。子どもまで作っているくせに、挨拶に行くんだ、これほど怖いことはない。しかも俺のせいでたった一人の可愛い娘としばらく会えない生活を強いられていたんだ。追い返されたらどうするか……」

「母の鉄拳はなかなかに効きますわよ」

「あぁ、エリーナの頬の腫《は》れがそう簡単に引かなかったものな。……怖いな……」

痛みもないはずなのに、労《いたわ》るように自分の頬を撫でたエドワードにおかしくてまた笑ってしまう。

「最近よく笑うな」

「ごめんなさい、気を悪くしましたか？」

「いや、嬉しいんだ。エリーナの笑顔ならどれだけ見ていたって飽きない。この先もずっとそうして俺の隣で笑っていてほしい」

照れたように微笑んだエドワードのせいで、再び新婚のような甘酸っぱい空気になった。

私の予想通り、お母様もさすがに王太子を殴りはしなかった。玄関先で笑顔で出迎えてくれた両親はフィルの頭を撫で、和やかに微笑んだ。

「おかえりなさいエリーナ、フィルも久しぶりね」

「はい、おばあさま！　おじいさまもお元気でしたか？」

「あぁ」

優しさに満ち溢れた瞳でフィルを見下ろす両親に私も微笑んだ。

「お母様。お父様も、お元気そうで何よりです。ごめんなさい、急に帰るなんて言って……」

先に手紙でエドワードと共に帰る旨を伝えてはいたものの、いざ両親に紹介するとなるとこんなにも緊張するものだとは。

隣に立っていたエドワードを見ると、汽車を降りた時よりずっと強張った顔をしている。

普段王太子としての威厳を欠かさない彼でも、こんな顔をするのかと思うとほんの少し心が落ち着いた。

「お父様、お母様、紹介しますわね。ご存じだと思いますけれど……この方は」

「あらエリーナ、恋人を連れてくるって言っていたけれど――はじめまして、エリーナの母のシルビアです。……ずいぶんと格好良い方ね。けれど中身はどうかしら、あなたが前に引っかかってしまった、恋人を地下牢に入れるような最低男よりましであることを願っているわ」

どうやら鉄拳を受けるより、厳しい仕打ちがエドワードに待っていたかもしれない。

お父様も気の毒そうにこちらを見るものの、何も言わずにフィルの手を引いて部屋の奥へ消えていき、いよいよ彼の味方はこの家で私だけのようだった。

＊　＊　＊

愛しい人が隣に座っている。目に入れても痛くないほど可愛い息子が小さな手を器用に使って食事をしている。

幸せな光景のはずなのに俺の背中の汗が止まらないのは、先程から突き刺すような視線があるからだ。その視線が義母と呼びたい人からなのだから当然だ。

せっかくの美味しい料理なのにまともに喉を通らない。

いっそ出会い頭に例の鉄拳をぶち込んでくれたなら、こんなにも居心地の悪い精神攻撃を受けずに済んだかもしれない。

(……最悪だな、すっかりタイミングを逃してしまった……)

本来ならば俺は顔を合わせた時点でちゃんと自分の名を名乗り、二人に謝罪をしなければならなかった。二人にとって大切な一人娘を無実の罪で地下牢に閉じ込め、息子には父親としての役割を何一つ果たさなかった。たとえその存在を知らなかったとしても、到底許せる話ではないだろう。

実は汽車を降りた時からの記憶があまりない。頭の中で完璧に予行演習したはずなのに、まともに言葉は出ず、ここに来てから発した言葉といえば「お邪魔します」くらいだから本当に救いようがない。

「——とても高貴なお方のようだけれど、こんな田舎料理が口に合いますかしら」

それが自分に向けられた言葉だと理解して慌てて首を振る。

「とても美味しいです」

どれも食べたことのないものばかりだったけれど、久しぶりの温かい食事だった。毒見をとうるさい護衛どもを黙らせて外で待機するように命じて席に着いたが、いつも冷め切った味気ない料理を食べているせいか、それとも近くにエリーナやフィルがいるからか、とにかく最高の気分だった。

「そう、良かったわ。娘が好物を作って持ってくるかしらと思ったけれど、もしエリーナの連れてきた相手が倒れたりして、毒でも盛っただろうなんて言って地下牢に入れられたらたまったものじゃないから……お出しするか迷っていたんだけれど」

胃がキリキリと痛くなる。もしかせずとも確実に恨まれている。当たり前だとわかっているし、人から憎まれ恨まれることなどとうに慣れたはずなのに、それが彼女によく似た人から言われるとさらにダメージは大きかった。

「お母様ったら……！」

「い、いや、いいんだ、エリーナ」

本当のことだ。償《つぐな》っても償《つぐな》い切れないほどの傷を与えられた一番の被害者はエリーナだ。その彼女に庇ってもらうほど情けないことはなかった。

「でも……」

「――あなた、フィル。お庭を見てきたらどうかしら」

食事を終えて剣呑な空気に黙っていた二人にシルビアがそう言った。

どうやらこの家で絶対的な威厳があるのはサブランカ子爵ではなく、奥方だったようだ。

「お父様、頑張って！」

可愛らしい顔で手を振って子爵と共に出ていった息子にへらりと笑い返したものの、俺は緊張で今にも倒れてしまいそうだった。

「エリーナ」

三人だけになった部屋で冷たい声が響く。

「はい、お母様」

「私に紹介したい人がいるって言っていたけれど、あなたがそんな相手を連れてくるのは初めてね」

そうか、コルサエール公爵とは家族を交えて会ってはいないのか。

今となっては公爵のことを恨んでいないし、むしろ俺の子だとわかった上で育ててくれたことに感謝しかない。こうして歓迎されていない空気はあるものの、彼女から正式に実家への挨拶が許されたのも食事の席を共にしたのも自分だけなのだ。

「はい、お母様」

「あなたにとっては二度目の結婚だもの、心配が少しあるのよね。ほら、あなたって男を見る目がない時期があったでしょう？　おかげで散々な苦労をしたじゃない」

「お母様、それは……」

「だから、まさかそんな目に遭わせた相手を連れてくるとは思わなかったわ」

鋭い視線がこちらに突き刺さる。エリーナと話してすっかり油断したところにひと刺し、なかなかに効いた。

「……その節は……俺のせいで本当に申し訳ありませんでした……」

なんとか振り絞った謝罪は鼻で笑われてしまった。

「お母様！」

「エリーナが今でも元気でいるから言えるのよ。あんな寒い夜に冷え切った地下で、まともなものも口にできずお腹にはフィルがいて……私では想像できないくらい辛い日々を過ごしたと考えると今でも涙が出そうになるし、あなたをそんな目に遭わせた相手をどうしたって許せないのよ」

言葉にされてまた俺の心に重しとして乗っていた罪悪感が重量を増してゆく。

「――私を不敬だと仰《おっしゃ》いますか、王太子殿下？」

尋ねられてまさか頷《うなず》くわけがなかった。

「いいえ。仰《おっしゃ》る通り、悪いのは全て俺です。彼女に酷いことをしました」

本来ならここに来ることも許されないし、彼女を好きでい続けることすら許されるはずがなかった。けれど他でもない彼女がそれを許してくれたから。

「無礼を承知で申し上げます。俺には生きていくためにどうしても彼女が必要なんです。

もう二度と彼女を傷付けないと誓います。どうか、彼女との結婚を許してはもらえませんか」

「嫌よ」

即答であった。

間髪なき答えに項垂れた俺を見かねたのか、エリーナがテーブルの下で俺の手を握ってくれた。あんまりにも温かくて飛び上がりそうになるくらい嬉しい。一応は恋人と言って遜色ない関係になった今でも、彼女から触れてくることは珍しいのだ。

「お母様、この人はもう私やフィルを傷付けることはしません。ですから……」

「殿下がそうでも、周りはどうかしら」

彼女の母の言葉に心臓がひやりとした。一筋縄でいかないことはわかっていたが、やはり彼女の母親だ。決して俺の隣が玉の輿だなんて良いものでないことを見抜いている。

「ただでさえ王子の息子を産んでいたと、あなたの噂がこんな田舎にまで届いているのよ、エリーナ。たかが子爵令嬢がコルサエール公爵の正妻になって、この後は王太子妃にだなんて……自ら危険に足を踏み入れる人生を送る必要はないでしょう?」

「お母様」

「殿下、どうかお気を悪くせずお聞きください。私にとってフィルは可愛い孫ですけれど、それ以前にエリーナは大切なたった一人の娘です。口では守ると言ったところでその身が危険に晒《さら》されるのは必至、はたして夫婦になる必要があるのかどうか、私は疑問です。今まで通りコルサエール公爵夫人として噂が落ち着くまで穏やかに暮らせば、少なくとも殿下と一緒になるよりずっと安全に暮らせるでしょう。これは何も過去の一件による殿下への信用のあるなしにかかわらず、ここから王都へ戻る際に賊に襲われた時のことも含めて言っているのです」

子爵夫人の言う通りだった。もちろんエリーナがコルサエール公爵と結婚した時は、それはもう噂が立ったものだが、もとからさして地位名声に興味がなかった公爵の妻という立場では命を狙われることはなかった。

しかし俺の妻となれば話は違う。どれだけ警戒したところで、よからぬことを企む奴らは後を絶たないだろう。俺はエリーナ以外と結婚する気がないが、エリーナがいなければ自分の血筋を妃として送り込めると考える者だっているだろう。

「それでも妻にと望むのは、殿下の独りよがりではないのですか？」

「……それは……」

何も言えなかった。まさにその通りだと誰よりもわかっていたからだ。どんな形であれ、二人のそばにいられたらそれだけでいい、そう思っていたくせに。

俺はエリーナがいなければ駄目だと思うくらいに彼女を愛しているけれど、はたして彼女はどうなのだろう。

少なくとも彼女は俺がいなくとも幸せになれる人だと、それは前の結婚でわかっている。

「——それは違いますわ、お母様」

黙った俺の手を再び強く握ったエリーナはまっすぐに自分の母を見て笑った。

「この人の隣にいたいと願うことがどういうことか、私にもわかっております。実際に散々な目にも遭いましたし、離れようと思ったこともありました」

けれど、と続けた彼女の横顔はいっとう美しくて、ただ目を奪われる。

「そういうもの全てをひっくるめて、この人のそばにありたいと私が願ったのです。この先の人生を彼と、フィルと、三人で歩んでいきたいんです。決して簡単なことではないでしょう。もしかするとお父様やお母様に迷惑をかけることだってあるかもしれません。けれどこの人の隣にいるのが、きっと私が一番幸せになる方法だと信じています」

ぐっと目頭が熱くなるのを感じた。彼女の言葉のひとつひとつが自分の中にゆっくりと溶けていく。こんなにも素敵な人をどうして愛さずにいられるだろう。

初めからやり直したいと言ってから一年、我ながら都合の良すぎることを言ったにもかかわらず、彼女はそれに付き合ってくれた。俺がフィルの父親になることを許してくれた。

二度と危険な目に遭わせたくないと思う一方で、必ず守るからそばにいてほしいと願う勝手な心はどうしようもなかった。

「守られてばかりでいる気はありません。私も私の方法で身を守れるように、この人のそばにいられるように努力するつもりです」

俺が誰よりも愛した彼女が、俺の隣にいるために努力をすると言ってくれている。それがどんなに嬉しくて泣いてしまいそうなほどに幸せか、きっと誰にもわからない。

ただ彼女にばかり言わせるわけにもいかず、再び勇気を振り絞って声を出す。生まれた時から望むものは周りが勝手に用意をしてほとんどが楽に手に入った。けれど、これればかりは自分で頑張らねばならない。

「もう二度と、何があっても彼女を手放したりしません。俺にはエリーナが必要なんです。どうか結婚を許してはくれませんか」

立場上、王太子として彼女を妃に迎えると言えば子爵夫妻が抗うすべはない。

しかし俺はそんな風に無理に話を進めたいわけではなく、しっかり納得して許しを得た上で、彼女と我が子と三人で幸せになりたい。祝福してほしいとまでは言わない。せめて信頼を得て許しを貰えるまでは、何度だってここに通うつもりで今日は来た。

王太子ではない、彼女を愛するただ一人の男として、俺は頭を下げた。

「――ずいぶんとお変わりになりましたね。昔は遠目に見ても刺々しい空気をまとっていらっしゃいましたが」

ふうっとため息を吐《つ》いた子爵夫人はもう先程のような冷たい目をしておらず、仕方なさそうにエリーナと同じ色の美しい瞳を細めてこちらを見た。

「え……」

「丸くなった……というよりも角が取れたようなものでしょうか。……数々のご無礼をお許しください。娘が心配ゆえに申したことですが、言葉がすぎました」

まとう空気の柔らかさは本当にエリーナによく似ていて、俺はさっきまでの緊張が嘘のように穏やかな空気の中にいた。

「娘が望んでいることなら、これ以上私が言うこともないでしょう。……本当は殿下がいらした時に拳をお贈りすることも考えていたのですけれど、夫に止められてしまって。嫌味を言いはしましたが、可愛い娘や孫としばらく会えなかった時間の腹いせだとでも思ってくださいな」

「は……いいえ、そんなことは……」

本当に申し訳ないことをしたと自覚している。

俺の父である国王もそうだが、人が老いるのは考えているよりもずっと早い。美しい人だけれど子爵夫人には年相応の皺《しわ》が刻まれていて、会えなかった時間はきっと埋め合わせの効かない大切なものだったはずだ。

「お母様……」

エリーナが眦に涙を溜めてそっと呟《つぶや》いた。彼女の母親はそれを見て優しく微笑む。

「……言ったでしょう？　あなたが傷付けられるのを見るのはもうたくさんよ。けれどあなたが幸せになれるというのなら、私たちにとってこれほど幸せなことはないのよ」

そう言ってから再び視線を戻した子爵夫人はまっすぐ俺を見据え、それから静かに頭を下げた。

「どうかエリーナとフィルをよろしくお願いします」

俺は一度信用を地に落とした人間だ。それはエリーナだけでなくエリーナの両親からもそうだろう。だから今、こうしてもう一度信用しようとしてもらえるだけでも十分すぎるほどありがたいことだった。

「必ず、幸せにします。もし破ればその時は何発でも鉄拳をお受けします」

深く頷《うなず》いた俺は心底真面目だったのだが、隣に座っていたエリーナはなんともおかしそうに肩を震わせていた。

＊＊＊

かつてこんなに美しい人がいただろうかと思うくらい、婚礼衣装を身にまとった彼女は綺麗だった。

「本当に美しい……女神が降りてきたのかと思ったが、知っていたか？　彼女は俺と結婚してくれるらしい。きっと世界中の誰よりも俺が一番幸せだな……」

「ええ知ってますよ、それあと何十回申されれば気が済みます？」

ダールは呆れたような顔で俺を睨んだ。

あと五十回は話したって飽きない——そう考えながら、俺はエリーナにただ見惚れていた。

数少ない王侯貴族に見守られながら、俺たちは今日やっと結婚する。大々的に式を上げなかったのは彼女の意向だ。俺は彼女が自分との結婚のためにドレスを着てくれるならなんでも良かったから、二つ返事で了承した。

「——本当に良かったですね。やっと、俺も肩の荷が下りた気がします」

心底安心したように言ったダールに、そういえば彼にもそれなりに無理を強いたなと思い返して苦笑する。

「おかげさまでな。半分はお前のおかげだ、褒美をやるからなんでも欲しいものを言え」

「マジっすか？　じゃあ休暇で」

「それは無理だ」

式が終わればエリーナとフィルは城に移り住むし、信頼のおける者を護衛としてそばに置きたい。正直エリーナのそばに男を置くのは嫌だが、それ以上にダールを信頼していた。

「でしょうね……」

ため息を吐《つ》いた彼はわかっていたとばかりに肩をすくめる。

「まぁ、そうだな……いい加減に自分の目で見極めることもできるようにならねばな」

夫として、父親として、未来の国王として。いつまでも裏切りへの恐怖などに囚われて人を信用できないだなんてまるで駄々をこねる子どものようではないか。彼女を幸せにすると、守ると誓ったくせにこれではどうしようもない。

「少し時間はかかりそうだが、頑張ってみるさ。だからそれまでは付き合ってくれ」

「仕方ありませんね。それじゃあまだしばらくはお二人を見守ることにしますよ。——

ちゃんと幸せになってくださいよ」

ダールの言葉に頷《うなず》いて、俺は愛しい人が待つ場所へと一歩踏み出した。

書き下ろし番外編

私とあなたの物語

夏も終わり、涼しい風が肌を撫でる頃。

一通の招待状に参加の返事を書いたエリーナは、久々の社交の場に早くもため息を吐《つ》いていた。

これまで慌ただしい人生を送ってきたし、特に親しい人がいるわけでもなかったので、望んで社交の場に顔を出すことはなかった。しかし一国の王太子の妻となった今、苦手だからと避けているわけにもいかない。

「こちら、お出ししておきますね」

封をしたそれを持ち上げたのは侍女のマリーだ。

「ありがとう」

「そうそう……そろそろ仕立て屋を呼びませんと。肌寒くなってきましたから」

まだ二十にもなっていない若い娘だけれど、よく働いて気も利く彼女のことを私はとても気に入っていた。夫であるエドワードと結婚する前は寡婦《かふ》だった。それに加えて元は子爵令嬢であったことが原因か、城内にはいまだに私に対して当たりが冷たい人間がいる。けれど彼女は初めから私に誠心誠意尽くしてくれたし、フィルのことも気遣ってくれて本当にありがたい。

「ついでに宝石商も呼びましょう。こちらもそろそろ新しいものをあつらえないと」

「え？　今あるもので十分よ」

そんなに数は多くないけれど、どれも思い入れのある大切なものだ。

「ですが王太子妃殿下ですから、せめて流行りの形も取り入れなければ。それにエリーナ様が、充てられた予算を全く使わないことをエドワード様も案じていらっしゃいました。今はピンクダイヤモンドの人気がとても高いそうですよ、きっとエリーナ様もよくお似合いになります」

「ピンクダイヤモンド？」

「はい。希少な上、もうほとんど採れないとかであまり出回っていないそうなのですが……お抱えのダグリス宝石商ならきっと取り扱いもあるはずです！」

そう言われてふと考える。ここに移り住む際に整理したものがクローゼットの奥に入っていたはずだ。

「エリーナ様？　そのお箱は？」

小さな白い箱を取り出して蓋を開ける。ああやはりここにあったと、私は中に入っているネックレスをマリーに見せた。

「ピンクダイヤモンドのネックレスよ」

「えぇっ!?」

驚いた顔でまじまじと覗き込む彼女は、やがて感嘆の声を出した。

「実物を初めて見ました。こんなに美しいのですね……！」

「ずいぶんと前にお土産《みやげ》で貰ったものなの。私にはもったいなくてつけていなかったけれど……久しぶりにつけてみようかしら」

それは亡き元夫――セオルド・コルサエール公爵が、仕事でひと月ほど他国へ赴いた後に贈ってくれたものだ。結婚してそんなに経っていなかったから、何を喜ぶのかわからなくてと苦笑した彼の気持ちが嬉しくて、私はすぐにその場でつけて見せた。けれど後日その価値を知り、あまりに高価なものだと仕舞い込んだままだったのだ。

「そんなネックレスも持っていたんだな。知らなかった、デザインもすごく凝っていて君に似合っている。とても綺麗だ」

私をエスコートしてくれるエドワードが、ほうっと私の胸元を覗き込んだ。

今日のパーティーでは声をかけてくる人間が多かった。普段は挨拶程度でさほど長話をしない夫人たちも、こぞってネックレスについて聞きたがった。

「いつ買ったんだ？」

「あ……これは……」

実はセオルドに貰ったものだと言っていいものか一瞬迷った。

彼とは死別であって嫌な別れ方をしたわけでもないし、エドワードも結婚した本当の理由を知っている。けれど意外に嫉妬深い彼にそれを言っていいものか。

どうするべきか迷っていると、近くを歩いていた男があっと声を上げた。

「夫人。お久しぶりですね」

「――え？　あっ……あなたは……」

久々に私を夫人と呼ぶ人物に会った。彼の名前はジーク・ロバルト、普段は親善大使として他国に駐在しているが、忘れた頃にこうして帰国しては驚かせるセオルドの友人。会うのはセオルドが亡くなってすぐ、訃報を聞いて駆けつけてくれた時以来だ。

「お久しぶりです、ジーク様」

「……知り合いか？」

夫人と呼ばれたからだろう、エドワードはあからさまに気分を悪くしている。

「おっと、昔の癖ですみません。今は王太子妃でしたね。ご挨拶申し上げます、ジーク・ロバルトと申します」

「……あぁ、そなたが」

変わり者の、と言うのは気が引けたのかエドワードは言葉を切った。彼は伯爵家の末弟でありながら若い頃から奔放《ほんぽう》だったようで、変人と名高い。

「以前よりお元気そうで何よりです」

「あ……あの時はなんのおかまいもできず申し訳ありませんでした」

「お気になさらず。手伝えることがあれば良かったのですが、どうしてもすぐ戻らねばならなかったものですから。——おや、懐かしいものを」

私の胸元を見たジークが嬉しそうに目を細める。

「そのネックレス、まだお持ちでしたか」

「え？　ええ、どうして……」

これをセオルドが私に贈ったことを知るのは、公爵邸の使用人だった者くらいなのに。

「実は私がアドバイスしたのですよ。奥方への土産《みやげ》が決まらないとぼやいていたあいつに有名なデザイナーを紹介してやったのです、その頃あちらで流行っていたピンクダイヤモンドで他にはない一点物を作らせて。なのに全くつけてくれないと寂しそうにしていましたが」

「そう……だったのですか……。私がつけるにはあまりに立派で……今日久しぶりに箱から出したのです。以前より少しは似合うようになっていればいいのですが」

「大変お似合いですよ。セオルドもきっと喜んでいると思います」

他にも挨拶に行くからと話もそこそこに去っていくジークを見送る。懐かしい人に会ったなと微笑んだ時。

「公爵からの贈り物だったのか？」

エドワードの冷たい声にしまったと思った。

「エドワード、これは」

「どうして公爵が贈ったものをいまだに使っているんだ？」

彼の硬い表情と不安に揺れる瞳を見ていると、申し訳ない気持ちがふつふつと湧いてくる。

「ごめんなさい、あなたにそんな顔をさせたかったわけじゃないの」

「——君が物を大切にする人なのは知っているけれど、良い気はしないな」

そんな言われずとも理解すべきことを、どうして私は考えもしなかったのか。また傷付けてしまったと罪悪感で胸が痛む。

「もうつけないわ。本当にごめんなさい」

「……同じようなものを贈るから、もうそれは処分してくれ」

彼の言葉に思わず顔を上げる。彼の気持ちは尊重したいけれど、それはできないと首を横に振ってしまった。

「エドワード、それはできないわ。これは私の大切なものよ」

「公爵から貰ったものがそんなに大切か？」

「大切よ」

そこにあったのがたとえ純粋な夫婦愛でなかったとしても、私とフィルと、それからあの人と三人で過ごした時間はかけがえのない幸せなものに違いなかった。

このネックレスは私の七年間の結婚生活のほんの一部だ。思い出はたくさんあるけれど、それはネックレスも含めて全部忘れたくないほど大切なもの。

初めてフィルが寝返りを打った日、歩き始めた日、言葉を発した日。嬉しいことも辛いことも、その成長の全てを彼と分かち合った記憶は消せない。

「君が公爵をいまだ大切に思っていると知るたびに、この先もずっと公爵を愛し続けると言ったあの日のことを、何度も夢に見る」

苦しそうに言ったエドワードに、私は今の今まで忘れていた自分の言葉を思い出した。

――夫のことを心から尊敬していましたし、愛していました。過去も今も、この先もずっと夫を愛し続けます。

「俺が公爵より愛される日がくるのか、そんなことばかり考えてしまう」

「……そんなの、比べることじゃないでしょう」

「わかっている、俺がどうかしてる。でも……」

結婚してから、隣で眠る彼がうなされることが何度もあった。私の名前を呼んで飛び起きる彼の汗を拭いてあげたことも、大丈夫だと背中をさすったこともある。

あなたに再び愛を伝えるまで、あなたを傷付ける言葉をたくさん放った。あなたが少しでも傷付いて、私が過ごしたような眠れぬ夜を過ごせば良いと願った。

「あなたのこと愛してるわ。フィルのことも愛してる。でもフィルのことを愛してくれたあの人のことも、愛してる」

私があなたに放った言葉をなかったことにはできないし、彼の苦しみを取り除いてあげることも容易ではない。それなら、私にできることは。

「七年よ。今のあなたとの結婚生活よりも長く一緒にいたんだもの。だから、ねぇ、エドワード」

これからあなたにたくさんの愛を伝えることはできる。あなたが私の全てを信じて、何があってもこの気持ちは揺るがずそばにいると、あなたが納得するまで伝え続けられる場所に私はいる。

「私が死ぬ時、そんな日もあったって、それでもあなたとの結婚生活の方がよほど長くてとても幸せだったって、あなたとの日々を思い返せるように生きたいの」

不安な時、目を閉じればいつも浮かぶのは、優しく「大丈夫さ」と私の背中を押してくれた亡き夫の顔ばかりだった。

それはきっと今も変わらないけれど、いつか、真っ先にあなたの顔や声が浮かぶ、そんな未来が欲しいと願うのは贅沢だろうか。

彼と結婚してもなお、余計な溝を作りたくなくて黙っていた。

「ねぇ。私たち、もっといろんな話をしましょう。私ね、あなたに聞いてほしい話がたくさんあるの」

私はいまだにセオルドが何を考えていたのかわからない。憐憫《れんびん》だけで父親代わりをするほど奇特な人でないことだけは七年過ごしてわかったけれど、七年も共にいたのにセオルドという一人の人間について、私はきっと彼の友人の十分の一も知らないだろう。それは私たちがお互いについて何も話さなかったから。

だから私は勝手に想像する。あの人は――セオルドは、自分を無条件に愛してくれて、そばにいてくれる家族が欲しかっただけなのではないかと。愛していた前妻との間に子どもができず、先立たれたことが、ただただ寂しかったのではないか――

エドワードは彼が私に好意があったに違いないと考えていることは、口には出さずともわかっている。私もすぐに理解してもらえるとは思わない。

セオルドが亡くなった時、何より後悔したのは自分のことばかりが優先で彼を知ろうとしなかったことだった。彼が望んでいたかどうかは別として、この先、何十年と一緒にいるだろう相手にどうして遠慮なんてしていたのか。だから……

「あなたの考えていることを教えて。私と離れていた時のことも教えて。私も全部話すから、あなたも話して」

あなたとはそんな後悔を生みたくない。きっとあなたが最後に愛した人だから。

「……聞くたびに嫉妬するだろうな、公爵が死んでもまだ妬《ねた》ましく思うなんて」

自業自得だがと苦笑するエドワードは、ようやくいつもの穏やかな表情に戻った。

話さなくて良いことだと思っていたけれど、私の全てをただ一人あなたに知ってほしい。

今までの物語は私の人生の大部分。

けれど、いつかきっと、これが私とあなたの長い物語の中のたった一篇になるだろうから。

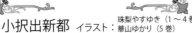

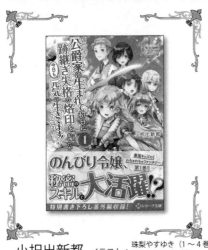

新感覚ファンタジー
RB レジーナ文庫

神様の加護持ち薬師のセカンドライフ

レジーナブックス Regina

私を追い出すのはいいですけど、この家の薬作ったの全部私ですよ？ 1

火野村志紀　イラスト：とぐろなす

定価：792円（10%税込）

突然、妹に婚約者を奪われたレイフェル。一方的に婚約破棄された挙句、家を追い出されてしまった。彼を支えるべく、一生懸命薬師として働いてきたのに、この仕打ち。落胆するレイフェルを実家の両親はさらに虐げようとする。全てを失った彼女は、一人で新しい人生を始めることを決意して……

詳しくは公式サイトにてご確認ください
https://regina.alphapolis.co.jp/

本書は、2022年3月当社より単行本として刊行されたものに書き下ろしを加えて文庫化したものです。


この作品に対する皆様のご意見・ご感想をお待ちしております。

おハガキ・お手紙は以下の宛先にお送りください。

【宛先】

〒150-6019 東京都渋谷区恵比寿4-20-3 恵比寿ｶﾞｰﾃﾞﾝﾌﾟﾚｲｽﾀﾜｰ 19F
（株）アルファポリス　書籍感想係

メールフォームでのご意見・ご感想は右のQRコードから、
あるいは以下のワードで検索をかけてください。

アルファポリス　書籍の感想　検索

ご感想はこちらから

レジーナ文庫

この度《たび》、夫《おっと》が亡《な》くなりまして だけど王太子《おうたいし》との復縁《ふくえん》はお断《ことわ》りです！

えんどう

2024年12月20日初版発行

文庫編集－斧木悠子・森 順子
編集長－倉持真理
発行者－梶本雄介
発行所－株式会社アルファポリス
〒150-6019 東京都渋谷区恵比寿4-20-3 恵比寿ｶﾞｰﾃﾞﾝﾌﾟﾚｲｽﾀﾜｰ19階
TEL 03-6277-1601（営業）　03-6277-1602（編集）
URL https://www.alphapolis.co.jp/
発売元－株式会社星雲社（共同出版社・流通責任出版社）
〒112-0005 東京都文京区水道1-3-30
TEL 03-3868-3275
装丁・本文イラスト－風ことら
装丁デザイン－AFTERGLOW
（レーベルフォーマットデザイン－ansyyqdesign）
印刷－中央精版印刷株式会社

価格はカバーに表示されてあります。

落丁乱丁の場合はアルファポリスまでご連絡ください。

送料は小社負担でお取り替えします。


ISBN978-4-434-34978-2 C0193